J《ジェー》C《シー》紫《むらさき》式《しき》部《ぶ》③

都《みやこ》には恋《こい》と呪《のろ》いの花《はな》が咲《さ》く!?

石《いし》崎《ざき》洋《ひろ》司《し》／作　阿《あ》倍《べ》野《の》ちゃこ／絵

講談社 青い鳥文庫

もくじ

おもな登場人物《とうじょうじんぶつ》

藤原《ふじわら》 紫《ゆかり》

中《ちゅう》1。彩羽《いろは》のクラスメートでお世話係《せわがかり》。勝《か》ち気《き》で強気《つよき》で元気《げんき》なキャラ。

一《いち》ノ瀬《せ》彩羽《いろは》

中《ちゅう》1。父親《ちちおや》の仕事《しごと》の都合《つごう》でアメリカから日本《にほん》の中学校《ちゅうがっこう》に転校《てんこう》してきた。おだやかな性格《せいかく》で、読書《どくしょ》と歴史《れきし》が好《す》き。

藤原《ふじわら》道長《みちなが》

高《こう》1。一見《いっけん》不良《ふりょう》っぽいが、正義感《せいぎかん》が強《つよ》く頭《あたま》も切《き》れる。超《ちょう》モテキャラ。

友《とも》平《ひら》真《しん》一《いち》

大学生《だいがくせい》。紫《ゆかり》の父《ちち》に漢詩《かんし》を習《なら》いながら、紫《ゆかり》の家庭教師《かていきょうし》をしている。紫《ゆかり》のあこがれの人《ひと》。

大《お》江《おえ》いずみ

中《ちゅう》1。文芸部《ぶんげいぶ》。"カワイイ"が命《いのち》で、恋《こい》の達人《たつじん》。センス抜群《ばつぐん》な、学園《がくえん》のファッションリーダー。

赤《あか》染《ぞめ》アン

中《ちゅう》1。文芸部《ぶんげいぶ》。いつも落《お》ち着《つ》いていてやさしい、おおらかで大人《おとな》っぽい子《こ》。

南《みなみ》本《もと》小《さ》夜《よ》

中《ちゅう》1。文芸部《ぶんげいぶ》。気《き》が弱《よわ》くて心配性《しんぱいしょう》。紫《ゆかり》に対《たい》してなぜかときどきていねいな口調《くちょう》になる。

清《きよ》原《はら》清《せい》菜《な》

中《ちゅう》1。彩羽《いろは》、紫《ゆかり》と同《おな》じクラス。陽《よう》キャで女王《じょおう》さま気質《きしつ》。友《とも》だちが多《おお》く、クラスの中心人物《ちゅうしんじんぶつ》。

これまでのお話《はなし》

主人公《しゅじんこう》　一ノ瀬彩羽《いちのせいろは》。

あたしは、今中《いまちゅう》1。
アメリカで生《う》まれ育《そだ》ち、日本《にほん》の
中学校《ちゅうがっこう》「クリサンテーム学園《がくえん》」に
転校《てんこう》してきた。

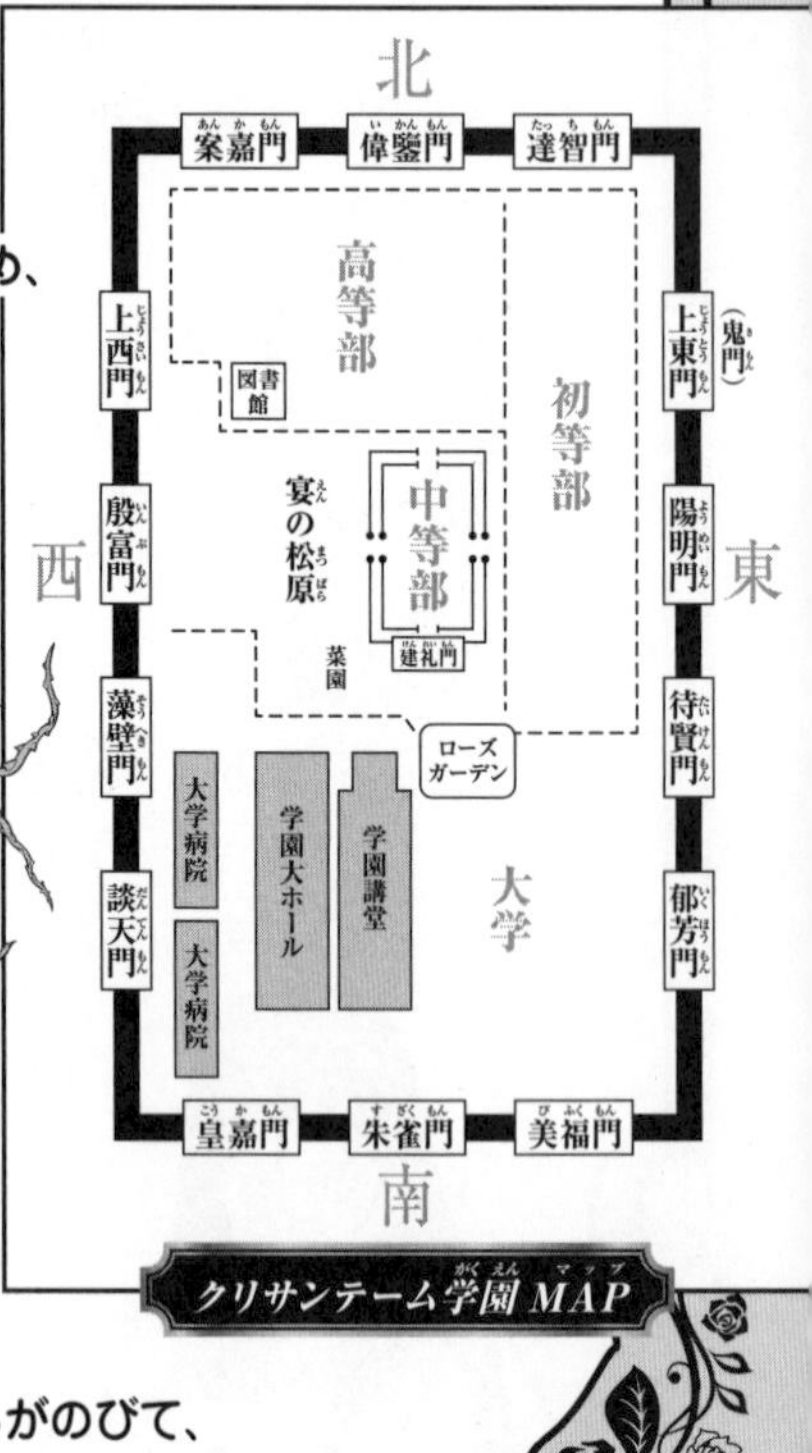

クリサンテーム学園《がくえん》MAP《マップ》

ところがこの学校《がっこう》、
多《おお》すぎる門《もん》をはじめ、
よくわからない
ことばかり!

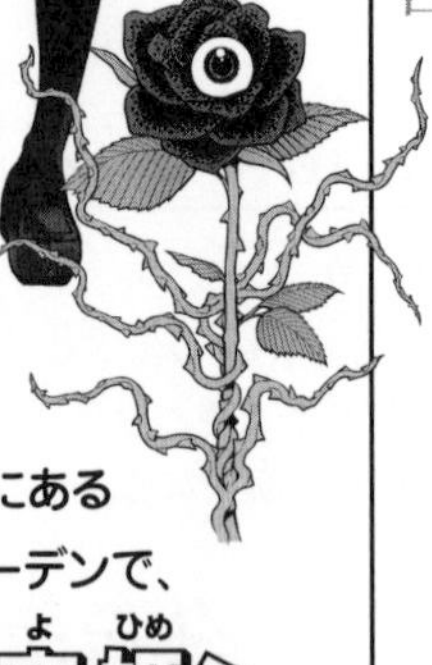

そのうえ、
学園《がくえん》の中《なか》にある
ローズガーデンで、

＜闇夜姫《やみよひめ》＞

という黒《くろ》いバラのつるがのびて、
あたしの首《くび》にまきつこうとしたり、

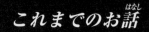

通《とお》りで、
呪《のろ》え！と歌《うた》う、怪《あや》しい
4人組《にんぐみ》にかこまれたり……。

助《たす》けてくれたのは、
藤原道長先輩《ふじわらみちながせんぱい》と、
「道長四天王《みちながしてんのう》」
——4人《にん》の高1男子《こうだんし》。

いずみちゃんは、この中《なか》の
ひとり、平井保昌先輩《ひらいやすまさせんぱい》と
おつきあいをはじめた。
そんなとき、街《まち》の実力者《じつりょくしゃ》・
藤原兼家《ふじわらかねいえ》の陰謀《いんぼう》が
うずまく、相撲節会《すまいのせちえ》で、
保昌先輩《やすまさせんぱい》が、いずみちゃんの
元《もと》カレ・公仁先輩《きみひとせんぱい》と
対決《たいけつ》することに!

いずみちゃんのため、
文芸部《ぶんげいぶ》のみんなで
保昌《やすまさ》さんを応援《おうえん》したら、
とんでもないことに……。

第《だい》一話《わ》

恋《こい》も呪《のろ》いも眼《め》にみえぬ、見《み》えぬものでもあるんだよ

1 うごめくかくれ陰陽師《おんみょうじ》

『みやこ研究学園都市《けんきゅうがくえんとし》』。
それは、ガラス張《ば》りの建物《たてもの》が立《た》ちならぶ、なにもかもがピカピカの街《まち》のはず。
なのに、紫《ゆかり》さんとあたしの前《まえ》にあるのは、古《ふる》くてみすぼらしい建物《たてもの》だった。
雨《あめ》の染《し》みが目立《めだ》つレンガの壁《かべ》。ひびの入《はい》ったガラス窓《まど》。鉄《てつ》さびが浮《う》いた外階段《そとかいだん》。
すすけた木《き》のドアを開《ひら》いても、現《あらわ》れたのは、うす暗《ぐら》くて陰気《いんき》な部屋《へや》で。
ただ、その空気《くうき》は花《はな》の香《かお》りでいっぱいだった。それも、むせかえりそうなほどに。
それもそのはず。部屋《へや》いちめん、バラの花《はな》で埋《う》めつくされている。
黄色《きいろ》、白《しろ》、赤《あか》……。色《いろ》とりどりに咲《さ》き競《きそ》う、数《かぞ》えきれないほどのバラの鉢植《はちう》え。
その中《なか》に、どのバラにも負《ま》けないほど美《うつく》しい人《ひと》がひとり、立《た》っていた。
色白《いろじろ》の細《ほそ》い顔《かお》。ふんわりとウェーブした黒髪《くろかみ》の下《した》からのぞく、大《おお》きな目《め》。

ひきしまった体《からだ》をつつむ黒《くろ》のニット。そして、その胸《むね》にかがやく☆のペンダント。

クリサンテーム学園大学《がくえんだいがく》四年《ねん》。紫《ゆかり》さんの家庭教師《かていきょうし》にして、あこがれの友平真一《ともひらしんいち》さん。

けれど、紫《ゆかり》さんがあげたのは、うめくような声《こえ》で。

「ど、どうして、友平《ともひら》さまが……。」

無理《むり》もない。あたしたちがここへ来《き》たのは、この建物《たてもの》に怪《あや》しい人《ひと》がいるといわれたから
だもの。あたしに呪《のろ》いをかけようとした犯人《はんにん》がひそんでいる——そう聞《き》いてたの。

それが、まさか友平《ともひら》さんを目《め》にするとは！　ところが……。

「紫《ゆかり》さん？　それに彩羽《いろは》さんも……。」

あたしたちに気《き》づいた友平《ともひら》さん、ひどくあわてたようす。しかも……。

「ここでなにをなさっているんですか？」

あたしがたずねると、こんどは大《おお》きな目《め》をおどおどさせて。

「ん？　いや、なにって、その、ごらんのとおり、バラを見《み》てるだけですよ……。」

見《み》てるだけって、そのバラ、ただのバラじゃないんですけど。

つんとのびた茎《くき》。その先《さき》についた、毒々《どくどく》しいくらいにまっ黒《くろ》で、大《おお》きなお花《はな》。

ネームプレートに書《か》かれたその名《な》は〈闇夜姫《やみよひめ》　イングリッシュローズ〉。

あたしがクリサンテーム学園《がくえん》に転校《てんこう》してきた日《ひ》、〈闇夜姫《やみよひめ》〉は、肉《にく》みたいにぶあつい花《はな》びらの奥《おく》にかくした大《おお》きな目玉《めだま》で、あたしをにらんだの。その四日後《よっかご》には、にょろにょろとのばしたつるをあたしの体《からだ》にまきつけて、息《いき》が止《と》まりそうなほどしめ上《あ》げてもきた。

けれど、そんなことより、たしかめておきたいことがほかにある。

いつも強気《つよき》・元気《げんき》・負《ま》けん気《き》の紫《ゆかり》さんも、あこがれの人《ひと》を前《まえ》に、いまはあわあわするばかりだもの、ここは、あたしが、びしっと聞《き》いておかなくちゃ。

「あのう、このバラはみんな、友平《ともひら》さんが育《そだ》てているんですか？」

そのとたん、友平《ともひら》さんの目《め》がお皿《さら》みたいにまんまるになった。

「わたしが？　とんでもない！　ここへ来《き》たのは初《はじ》めてですよ！　メールを受《う》けとったんです。〝新《あたら》しい品種《ひんしゅ》のバラが入《はい》ったので見《み》に来《き》ませんか〟と。そういう案内《あんない》はよく来《く》るんですよ。ごぞんじのように、わたしは学園《がくえん》のローズガーデンを管理《かんり》していますから。」

怪《あや》しい。すごくいいわけっぽく聞《き》こえる。だって、ふだんの友平《ともひら》さんは、こんなふうにぽんぽんまくしたてたりしないもの。でも、友平《ともひら》さんの勢《いきお》いは止《と》まらず。

「ただ、おかしいのです。メールとちがって、目新《めあたら》しいバラもなく、ネームプレートにおかしな文字《もじ》がついている。ほら、これ、見《み》てください！」

友平《ともひら》さんが指《ゆび》さしたのは、まっ白《しろ》な花《はな》びらに、淡《あわ》いピンクのふちどりのついたお花《はな》。その鉢《はち》につけられたネームプレートには……。

〈夕霧《ゆうぎり》　ハイブリッドティー　兩〉。

「〈夕霧《ゆうぎり》〉は品種名《ひんしゅめい》、〈ハイブリッドティー〉は系統名《けいとうめい》。ふつうはそこで終《お》わりです。が、ここには意味不明《いみふめい》の漢字《かんじ》がある。こういうのはほかにもあって……。」

〈薫乃《かおるの》　フロリバンダ　离〉。〈衣通姫《そとおりひめ》　ハイブリッドティー　罔〉。〈若紫《わかむらさき》　フロリバンダ　未〉。

なるほど。あたしも、バラのネームプレートは、学園《がくえん》のローズガーデンでなんども目《め》にしてるけど、こんな漢字《かんじ》がついてるのは見《み》たことない。

それに、ぜんぶに漢字《かんじ》がついているわけじゃないのも不思議《ふしぎ》。たとえば、化《ば》け物《もの》の黒《くろ》バラのネームプレートは〈闇夜姫《やみよひめ》　イングリッシュローズ〉と、ふつう。でも、となりのピンクのバラのは〈玉鬘《たまかずら》　クライミングポリアンサ　白《しろ》〉。

「ピンクのバラに〈白《しろ》〉だなんて、おかしいと思《おも》いませんか？　いったいどういう意味《いみ》だろうと、考《かんが》えこんでいるところへ、あなたがたがいらしたというわけです。」

友平《ともひら》さんがそういったとたん、紫《ゆかり》さんが声《こえ》をあげた。

「なあんだ！　そういうことだったんですね！」

さっきとうってかわって、晴《は》れ晴《ば》れとした声《こえ》。って、紫《ゆかり》さん、納得《なっとく》しちゃってるの？

「そりゃあ、気《き》になりますよね。友平《ともひら》さまは漢詩《かんし》の研究《けんきゅう》がご専門《せんもん》だから、漢字《かんじ》の……。」

「そうかな。おれは、もっと別《べつ》のことが気《き》になるけどな、紫《ゆかり》。」

どこかで声《こえ》がしたと思《おも》ったら、バラの鉢《はち》のあいだから、人影《ひとかげ》がにょきっと立《た》ち上《あ》がった。

純白《じゅんぱく》の詰《つ》めえりの制服《せいふく》。すらりとした長身《ちょうしん》。広《ひろ》い肩《かた》。

「道長《みちなが》くん？　あなたもいっしょだったのですか？」

びっくりしたように目《め》を見開《みひら》く友平《ともひら》さんに、道長先輩《みちながせんぱい》はつかつかと近寄《ちかよ》っていく。

「いや、こいつらは勝手《かって》についてきただけです。それより、おれが気《き》になるのは、友平《ともひら》さんをここへ誘《さそ》ったというメールなんですけど、見《み》せていただけませんかね？」

いつもとちがう声《こえ》の調子《ちょうし》に、友平《ともひら》さんは眉《まゆ》をひそめながらも、スマホをとりだした。

「ええ、いいですよ。えーっと……。」

女《おんな》の子《こ》みたいな細《ほそ》くて白《しろ》い指《ゆび》が、スマホの画面《がめん》をタップ、それからスワイプしていく。

ところが、しばらくすると、指《ゆび》の動《うご》きがぴたりと止《と》まって。

「……おかしいな。時間的《じかんてき》に考《かんが》えてこのへんのはずなんだが……。」

「ないんですか？」

とがめるような声《こえ》に、友平《ともひら》さんの指《ゆび》がまた上下《じょうげ》に動《うご》きはじめる。

「たしかにメールは来《き》たんですよ。地図《ちず》もついていました。そうでなければ、こんなところに来《く》るわけがないでしょう？」

あわあわする友平《ともひら》さんを、道長先輩《みちながせんぱい》がきびしい目《め》でにらみつけた。

「でも、メールは見《み》つからない。となると、彩羽《いろは》に呪《のろ》いをかけようとしたのは、あんたってことになりますね。」

「わたしが彩羽《いろは》さんを呪《のろ》うですって？　いったいどこからそんな話《はなし》が！」

「安倍晴明副校長《あべせいめいふくこうちょう》です。おれは安倍先生《あべせんせい》の指示《しじ》でここに来《き》たんですよ。」

みるみる顔《かお》をこわばらせる友平《ともひら》さんにむかって、道長先輩《みちながせんぱい》は静《しず》かに語《かた》りはじめた。

安倍先生《あべせんせい》は、神通力《じんつうりき》とやらがある白《しろ》い犬《いぬ》を飼《か》っていること。鬼一丸《きいちまる》というそのワンちゃんが、あたしのマンションの入《い》り口《ぐち》に〈呪物《じゅぶつ》〉が埋《う》められているのを発見《はっけん》したこと。〈呪《じゅ》物《ぶつ》〉には、そばを通《とお》った人《ひと》に呪《のろ》いをかける力《ちから》があること。埋《う》められた場所《ばしょ》から考《かんが》えて、ねらわれたのはあたしと父《とう》ちゃんであること。

「それで、安倍先生《あべせんせい》は〈呪物《じゅぶつ》〉を埋《う》めた犯人《はんにん》をつきとめようと術《じゅつ》をかけました。」

「術《じゅつ》……。」

「白《しろ》い紙《かみ》を鳥《とり》の形《かたち》に切《き》り、ふっと息《いき》をふきかけ、宙《ちゅう》に放《はな》つと、紙《かみ》はたちまち白《しろ》い鳥《とり》に変身《へんしん》して、空《そら》に舞《ま》い上《あ》がった。」

「………。」

「安倍先生《あべせんせい》はおっしゃいました。『道長《みちなが》くん、あの鳥《とり》のあとを追《お》いなさい。鳥《とり》が舞《ま》い降《お》りた場所《ばしょ》。そこに、この呪物《じゅぶつ》をしかけた者《もの》がいるはずです。』いわれたとおり白《しろ》い鳥《とり》を追《お》うと、ここに舞《ま》い降《お》りたんです。そこで中《なか》に入《はい》ると、友平《ともひら》さん、あんたがいた。」

もう二回《かい》も〝あんた〟っていわれてるのに、友平《ともひら》さんは、いいかえすでもなく、ぼうぜ

ん と立《た》ちつくしている。

「正直《しょうじき》、おれもおどろきましたよ。それで思《おも》わずバラの鉢《はち》のかげに身《み》をかくしたんです。どういうことか、考《かん》えずにはいられなくてね。でも……。」

道長先輩《みちながせんぱい》がふっと息《いき》をつく。

「考《かん》えてみれば、つじつまは合《あ》うんです。彩羽《いろは》のオヤジは、時滑《ときすべ》りをもとにもどすためにこの街《まち》に呼《よ》ばれた。でも友平《ともひら》さん、あんたはもとにもどす必要《ひつよう》はないと思《おも》っている。というか、ぜひこのままにしておきたい、そう願《ねが》っているんですよね？」

ああ、そうだった。いつだったか、紫《ゆかり》さんが友平《ともひら》さんに聞《き》いたんだよ。タイムスリップしたままでいいのかって。そうしたら、友平《ともひら》さんはこう答《こた》えたっけ。

『せっかく新《あたら》しい時代《じだい》に来《く》ることができたのです。このまま、藤原一族《ふじわらいちぞく》が富《とみ》と権力《けんりょく》をにぎる時代《じだい》も終《お》わらせたいではありませんか。』

そういったあと、あたしのことをちらっと見《み》ながら、こうもいったの。

『もちろん、道長《みちなが》くんのお父上《ちちうえ》は、そうは思《おも》ってないでしょうし、だからこそ、タイムマシンの研究《けんきゅう》で世界的《せかいてき》に有名《ゆうめい》な彩羽《いろは》さんのお父上《ちちうえ》を必要《ひつよう》としているわけですが。』

あのとき、あたし、ぎょっとしたっけ。まるで、父《とう》ちゃんもあたしも、この街《まち》には必要《ひつよう》ない人間《にんげん》だって、いわれたような気《き》がして。

「つまり、友平《ともひら》さん。あんたには一《いち》ノ瀬《せ》父娘《おやこ》を〈呪物《じゅぶつ》〉で呪《のろ》う動機《どうき》があるってことです。それだけじゃない。あんたには〈呪物《じゅぶつ》〉を作《つく》ることもかんたんだったはずです。」

「わたしが〈呪物《じゅぶつ》〉を作《つく》る、ですって？」

「〈呪物《じゅぶつ》〉にはバラの種《たね》が入《はい》ってたんですよ。それって、あんたがここで育《そだ》てたバラからとったものなんじゃないですか？」

挑《いど》むような目《め》でにらむ道長先輩《みちながせんぱい》にむかって、友平《ともひら》さんが口《くち》を開《ひら》きかけた。けれど、それより早《はや》く声《こえ》をあげたのは紫《ゆかり》さんで。

「バカなこと、いわないで！　友平《ともひら》さんが彩羽《いろは》を呪《のろ》うなんて、あるわけないだろ！」

紫《ゆかり》さん、形《かたち》のいいくちびるをぶるぶるとふるわせてる。

「だいたい高一《こう》のくせに、大学生《だいがくせい》の友平《ともひら》さまをあんた呼《よ》ばわりだなんて！　だから藤原一《ふじわらいち》族《ぞく》は下品《げひん》だっていうのよ。どいつもこいつも金《かね》にものをいわせて、えらぶって！」

機関銃《きかんじゅう》みたいに激《はげ》しい言葉《ことば》をぶつけられて、さすがの道長先輩《みちながせんぱい》も目《め》を白黒《しろくろ》。紫《ゆかり》さんといいあいになるのをさけたのか、友平《ともひら》さんにむきなおって。

「こんな口《くち》のききかたが失礼《しつれい》なことぐらい、自分《じぶん》でもわかってますよ。でも、ことがことですからね。ちがうという証拠《しょうこ》がないかぎりは、潔白《けっぱく》ってことには……。」

「いや、潔白《けっぱく》といっていいでしょう。」

ふりかえると、部屋《へや》の入《い》り口《ぐち》に黒《くろ》スーツのおじさんが立《た》っていた。土色《つちいろ》の顔《かお》にあごひげをはやした、やせっぽちのおじさん。左手《ひだりて》でにぎったリードの先《さき》には白《しろ》い柴犬《しばいぬ》。

「安倍先生《あべせんせい》！　鬼一丸《きいちまる》も！　で、でも潔白《けっぱく》って、どういうことですか！」

道長先輩《みちながせんぱい》、あっけにとられてる。

「ここに来《く》れば呪物《じゅぶつ》を埋《う》めた犯人《はんにん》が見《み》つかるっていったのは、安倍先生《あべせんせい》ですよ！」

「たしかにいいました。犯人《はんにん》もまちがいなくここにいたでしょう。だが、それは友平真一《ともひらしんいち》くんではないようです。鬼一丸《きいちまる》のきげんがいいですから。」

ほんとだ。犬《いぬ》って、警戒《けいかい》したり恐怖《きょうふ》を感《かん》じると、しっぽがさがるんだってね。でも、友《とも》平《ひら》さんを見《み》つめる鬼一丸《きいちまる》くんは、くるっとまるめたしっぽをブンブンふってる。これは、ごきげんだっていう証拠《しょうこ》。

がっくりとする道長先輩《みちながせんぱい》に、紫《ゆかり》さんが勝《か》ちほこったように胸《むね》をはった。

「ほうら、あたしのいったとおりじゃないの。だから藤原一族《ふじわらいちぞく》はだめだっていうのよ！」

「紫《ゆかり》くん。そういういいかたはおやめなさい。それでは敵《てき》の思《おも》うつぼです。」

安倍先生《あべせんせい》、紫《ゆかり》さんをふりかえると、落《お》ちくぼんだ目《め》でぎろり。

「いいですか？　ここに呪物《じゅぶつ》を置《お》いた犯人《はんにん》がいたのは、たしかなのです。おそらく呪《のろ》い専《せん》門《もん》の『かくれ陰陽師《おんみょうじ》』のひとりでしょう。」

見《み》た目《め》は近未来都市《きんみらいとし》だけど、中身《なかみ》はタイムスリップしてきた平安京《へいあんきょう》。そんなこの街《まち》には、呪《のろ》いを仕事《しごと》にしている黒魔術師《くろまじゅつし》みたいな人《ひと》が何人《なんにん》もひそんでいる――前《まえ》にそう聞《き》いたことがある。

「が、そのほんとうのねらいは、一《いち》ノ瀬《せ》さん親子《おやこ》に呪《のろ》いをかけることではなかったのではないか。いま、わたしはそんな気《き》がしているのですよ。」

「そんな！　だって、鬼一丸《きいちまる》が見《み》つけたのは、まちがいなく呪物《じゅぶつ》なのでしょう？」

目《め》をまるくする道長《みちなが》さんに、安倍先生《あべせんせい》はあごひげをなでながら、うなずいた。

「もちろんです。ただ、呪《のろ》いは、本来《ほんらい》、相手《あいて》にそれと知《し》られずにかけるもの。が、いまに

して思《おも》えば、あの呪物《じゅぶつ》に入《はい》っていたバラの種《たね》の呪力《じゅりょく》は強《つよ》すぎた。まるで、ここに呪物《じゅぶつ》が埋《う》まっているよと、わたしに知《し》らせるかのように。」

友平《ともひら》さんが、あっと声《こえ》をあげた。

「そうか！　だから、わたしはここへおびきよせられたのですね！　安倍先生《あべせんせい》に呪力《じゅりょく》の元《もと》をたどる霊能力《れいのうりょく》がおありだとわかっていて、それを逆《ぎゃく》に利用《りよう》したんでしょう？　わたしが呪《のろ》いをかけた張本人《ちょうほんにん》だと信《しん》じこませるために！」

安倍先生《あべせんせい》が、こくっとうなずいた。

「そして、その場合《ばあい》、われわれ全員《ぜんいん》が友平《ともひら》くんを犯人《はんにん》だと信《しん》じこまないほうが、より効果《こうか》がある。ある者《もの》は友平《ともひら》くんを怪《あや》しみ、ある者《もの》はそんなはずはないという。そうやって、たがいに疑心暗鬼《ぎしんあんき》にさせ、仲間割《なかまわ》れさせるように仕向《しむ》けたのでしょう。」

なるほどねぇ。……あ、でも、わかんないことがあるよ。

「安倍先生《あべせんせい》、呪《のろ》い専門《せんもん》のかくれ陰陽師《おんみょうじ》って、お金《かね》がめあてなのでしょう？　それにしては、やりかたがおかしくないですか？　だって、これだけのバラを育《そだ》てるのはたいへんですよ。秘密《ひみつ》の場所《ばしょ》を自分《じぶん》から教《おし》えるなんて、わりが合《あ》わないように思《おも》うんですけど。」

「一ノ瀬《いちのせ》さん、きみはなかなかするどいですね。」

あごひげをなでる安倍先生《あべせんせい》の手《て》が止《と》まった。

「そのとおり。ここまでするからには、金《かね》もうけ以上《いじょう》の理由《りゆう》、たとえば、われわれに対《たい》する強《つよ》いうらみがあるのかもしれません。そのうらみが、かくれ陰陽師《おんみょうじ》自身《じしん》のものなのか、あるいはかくれ陰陽師《おんみょうじ》に仕事《しごと》を依頼《いらい》した者《もの》のものなのか、そこまではわかりませんが。」

金《かね》もうけ以上《いじょう》の強《つよ》いうらみ？　仕事《しごと》を依頼《いらい》した人《ひと》が別《べつ》にいる？

なんか、話《はなし》がどんどんこわくなっていくような……。

「とにかくなぜ仲《なか》たがいしてはいけないか、そのわけはわかりましたね？　敵《てき》の正体《しょうたい》がなんであれ、われわれは一つにまとまってなければならないのです。いいですね？」

安倍先生《あべせんせい》の土色《つちいろ》の顔《かお》にむかって、あたしたちはそろってうなずいた。

紫《ゆかり》さんは、そっぽをむきながら、だったけど。

「よろしい。では紫《ゆかり》くんと一ノ瀬《いちのせ》さんは帰《かえ》りなさい。」

「え？　先生《せんせい》は帰《かえ》らないのですか？」

口《くち》をとがらせたまま、紫《ゆかり》さんが安倍先生《あべせんせい》をふりかえる。

「ここを調《しら》べませんとね。かくれ陰陽師《おんみょうじ》がいたことはたしかなのですから。」

「だったら、あたしも手伝《てつだ》います！」

声《こえ》をはりあげる紫《ゆかり》さんに、友平《ともひら》さんがきっぱりと首《くび》をふった。

「それはだめです。どこにどんな呪物《じゅぶつ》がかくされているか、わかりませんからね。陰陽道《おんみょうどう》に通《つう》じた者《もの》でないと、あぶなくて……。」

「だったら、友平《ともひら》さまだって！」

「わたしはあらぬ疑《うたが》いをかけられたのです。犯人《はんにん》をつきとめるためなら、どんな危険《きけん》だって犯《おか》すつもりですよ。」

「とにかく、あぶないことは、おれたち男《おとこ》にまかせておけって。」

道長先輩《みちながせんぱい》がそういったとたん、紫《ゆかり》さんの目《め》が鬼《おに》みたいにつり上《あ》がった。

「男《おとこ》にまかせろ？　それ、差別発言《さべつはつげん》よ！　『マチズモ』っていって、男《おとこ》のほうが上《うえ》だって信《しん》じこんでる証拠《しょうこ》。そこに気《き》づかないところが、藤原一族《ふじわらいちぞく》はバカだって……。」

「いいから、お帰《かえ》りなさい！」

安倍先生《あべせんせい》がうんざりした顔《かお》で、あたしたちの前《まえ》に立《た》ちはだかった。

「そもそも、きみたちは自宅謹慎《じたくきんしん》を命《めい》じられているはずですよ。」

あ……。

「わかったら、いますぐ家《いえ》にもどり、外出《がいしゅつ》しないように。いいですね！」

安倍先生《あべせんせい》がふしくれだった指《ゆび》をあたしたちにつきつけると。

ワン！

黒《くろ》あめみたいな目《め》をした鬼一丸《きいちまる》が、あたしたちを見上《みあ》げて、ほえた。


「ほんっと、道長《みちなが》のやつ、むかつく！」

はきすてるようにいった紫《ゆかり》さん、こぶしでダイニングテーブルをどん！　いきおいで、目《め》の前《まえ》のカップ焼《や》きそばがぴょんっ。

あれから一時間《じかん》。あたしたちは、うちのリビングでお湯《ゆ》がわくのを待《ま》ってるところ。

ほんとなら、紫《ゆかり》さんはまっすぐ自分《じぶん》のお家《うち》に帰《かえ》らなくちゃいけないんだけどね。道長先《みちながせん》輩《ぱい》のことがどうにも許《ゆる》せないって、めっちゃイライラ。そういうときは一平《いっぺい》ちゃんで落《お》ちつくのがいちばん、ってことで、あたしが家《いえ》に寄《よ》ってくようにすすめたの。

「友平《ともひら》さまを疑《うたが》うなんて、ありえないでしょ！」

「だけど、あのシチュエーションじゃ、しょうがなかったんじゃない？　安倍先生《あべせんせい》が、あそこに悪《わる》いやつがいるっていったんだし、化《ば》け物《もの》みたいなバラもあったんだし。」

もっとも、あそこにあった〈闇夜姫《やみよひめ》〉はふつうのバラだったけど。あとでお花《はな》をたしかめたら、花《はな》びらがぎっしり折《お》り重《かさ》なって、目玉《めだま》も、それをかくすすきまもなかったの。

「つまり、あたしたち、悪《わる》い陰陽師《おんみょうじ》のたくらみに、まんまとのせられたんだよ。友平《ともひら》さんを怪《あや》しいって思《おも》うように。」

「それって、彩羽《いろは》も友平《ともひら》さまが怪《あや》しいって思《おも》ったわけ？」

あたしを見上《みあ》げる紫《ゆかり》さん、大《おお》きな目《め》がギラリ！　くちびるはツン！

こ、こっわ……。

「そんなことないよ。ちょっとびっくりしただけ……。」

「でしょ？　びっくりと疑《うたが》うはちがうの！」

紫《ゆかり》さん、興奮《こうふん》がおさまるどころか、ますます熱《あつ》くなってます。まるで、電気《でんき》ポットの中《なか》でブクブクわきはじめたお湯《ゆ》みたいに……。

「だいたい道長《みちなが》はさ、友平《ともひら》さまをずっと色《いろ》めがねで見《み》ているのよ！」

「色《いろ》めがね？　紫《ゆかり》さん、道長先輩《みちながせんぱい》、サングラスなんか、かけてたっけ？」

「はあ？」

紫《ゆかり》さん、ぽかん。やがて、顔《かお》から怒《いか》りの色《いろ》が消《き》えると、くすくす笑《わら》いだして。

「慣用句《かんようく》が苦手《にがて》なのは、彩羽《いろは》の帰国子女《きこくしじょ》あるあるだね～。」

「カンヨーク？　あたしが住《す》んでたのはニューヨークだけど。」

「そのヨークじゃなくて、慣用句《かんようく》。英語《えいご》でいうイディオムのことよ。たとえば〝油《あぶら》を売《う》る〟っていっても、別《べつ》に石油《せきゆ》やガソリンを売《う》ってるわけじゃなくて、〝むだ話《ばなし》をして仕事《しごと》をサボる〟っていう意味《いみ》になるとかさ。」

ああ、そういうこと。

「〝色《いろ》めがねで見《み》る〟も、〝かたよった考《かんが》えで見《み》る〟とか〝先入観《せんにゅうかん》にとらわれている〟ってことを意味《いみ》しているの。」

へ～。ってことは、紫《ゆかり》さんは、道長先輩《みちながせんぱい》と友平《ともひら》さんは仲《なか》がいいようでいて、ほんとうは道長先輩《みちながせんぱい》は友平《ともひら》さんのことを警戒《けいかい》しているって、いいたいんだね。

そういえば、前《まえ》に聞《き》いたことがある。友平《ともひら》さんのご先祖《せんぞ》は、代々《だいだい》、この街《まち》の市長《しちょう》を務《つと》めた名家《めいか》だけど、藤原一族《ふじわらいちぞく》がこの街《まち》を支配《しはい》するようになると、市長《しちょう》にも自分《じぶん》のいうことを聞《き》く人《ひと》をつけるようにした。おかげで、友平《ともひら》さんの一族《いちぞく》は没落《ぼつらく》。いっしょに働《はたら》いていた紫《ゆかり》さんのお父《とう》さんも失業《しつぎょう》しちゃったって。

でも、友平《ともひら》さん、顔《かお》も頭《あたま》も性格《せいかく》もばつぐんにいい人《ひと》だから、将来《しょうらい》、街《まち》の人々《ひとびと》から絶大《ぜつだい》な人気《にんき》を得《え》るかもしれない。それを藤原一族《ふじわらいちぞく》はおそれているらしく。

「だけど、紫《ゆかり》さん。道長先輩《みちながせんぱい》は友平《ともひら》さんのことを尊敬《そんけい》しているって、いってなかった？」

道長先輩《みちながせんぱい》は、この街《まち》を支配《しはい》するウィステリア財団《ざいだん》の会長《かいちょう》、藤原兼家《ふじわらかねいえ》の息子《むすこ》。でも末《すえ》っ子《こ》だし、一族《いちぞく》の中《なか》には競争相手《きょうそうあいて》も多《おお》いから、かならずあとを継《つ》げるとはかぎらない。

そこで友平《ともひら》さんと仲良《なかよ》くして、教養《きょうよう》を身《み》につけたり、大人《おとな》になったとき強力《きょうりょく》な味方《みかた》になってもらうことができれば、競争《きょうそう》に勝《か》てるかもしれないって考《かんが》えているって。

「だから、そこが道長《みちなが》のイヤらしいところなんだって。」

どういうこと？

「道長《みちなが》にとって、友平《ともひら》さまはあくまで自分《じぶん》の出世《しゅっせ》の〝道具《どうぐ》〟。どんなふうに自分《じぶん》の役《やく》に立《た》つか、という目《め》でしか見《み》ていないの。いいこと？　もし……。」

もし友平《ともひら》さんが、あたしや父《とう》ちゃんに呪《のろ》いをかけた犯人《はんにん》だってことを、道長先輩《みちながせんぱい》がつきとめたら、それはそれで出世競争《しゅっせきょうそう》で有利《ゆうり》になる。なぜって、藤原一族《ふじわらいちぞく》がおそれている友平《ともひら》さんを、悪人《あくにん》として葬《ほうむ》りさることになるからなんだそうで。

「まだ高《こう》一なのに、ほんとにそんなこと考《かんが》えてるわけ？」

いやあ、平安時代《へいあんじだい》ってたいへんなんだねぇ。ここへ来《き》てもうすぐ三か月《げつ》になるけど、いまさらながら、とんでもないところに来《き》ちゃったんだなぁ。

「彩羽《いろは》。平安時代《へいあんじだい》は、戦争《せんそう》もなく、血《ち》なまぐさいことといったら鬼退治《おにたいじ》ぐらいしかない、平和《へいわ》な時代《じだい》といわれているけど、争《あらそ》いごとはたくさんあるの。そのために呪《のろ》いをかけたり、うわさやデマで相手《あいて》の足《あし》をひっぱったりするのがあたりまえの……、あっ！」

紫《ゆかり》さん、がばっと立《た》ち上《あ》がった。でも、あたしはさえぎるように手《て》をひろげて。

「〝足《あし》をひっぱる〟っていう慣用句《かんようく》は知《し》ってまーす。〝じゃまをする〟っていう……。」

「ちがうって！　いま、カチって音《おと》がしたでしょ。電気《でんき》ポットのお湯《ゆ》がわいたのよ。一平《いっぺい》ちゃんには熱々《あつあつ》のお湯《ゆ》をそそがないと……。」
紫《ゆかり》さん、電気《でんき》ポットにむかってダッシュ！
はあ……。一平《いっぺい》ちゃんへの愛《あい》も、道長先輩《みちながせんぱい》への怒《いか》りと同《おな》じくらい熱《あつ》い……。

2 だれかがあたしをつけている……

ピンポーン。

あ、玄関《げんかん》のチャイムが鳴《な》った。だれだろ？　宅配便《たくはいびん》？

「どちらさまですか～、……え？」

ドアを開《ひら》くと、立《た》っていたのは、ど派手《はで》なファッションの女《おんな》の子《こ》。

へそだしシャツに、すそがほつれたダメージデニムのショートパンツ。ロングヘアーにはデコったヘアアクセ。そして、マスカラでバチバチにのばしたまつげをパチリ。

「ヤッホ～！」

「い、いずみちゃん？」

「ちょっとお話《はなし》があるんで、おじゃまするね～。」

あぜんとするあたしをよそに、いずみちゃん、キラキラスニーカーを脱《ぬ》いで家《いえ》の中《なか》へ。

「あ、紫《ゆかり》～。よかった、これなら紫《ゆかり》の家《いえ》に行《い》かずに……。って、なにしてんの？」

見《み》れば、紫《ゆかり》さん、こわい顔《かお》で壁《かべ》の時計《とけい》をにらんでいて。

「三分《ぷん》、計《はか》ってるんだよ。一平《いっぺい》ちゃんのうまさは、時間《じかん》の正確《せいかく》さで決《き》まるから。あ、いずみも食《た》べる？」

「いらなーい。カップ焼《や》きそばは〝カロリー高《たか》すぎくん〟で太《ふと》るしぃ、お洋服《ようふく》にソースのにおいもつくしぃ。っていうか、二人《ふたり》とも、もっとおいしいもの食《た》べなよぉ。」

「バァカ。一平《いっぺい》ちゃんよりうまいものなんて、この世《よ》にあるわけが……。」

「あるよぉ。お祝《いわ》いパーティのごちそう！　あたし、そのおさそいに来《き》たんだよぉ。」

「お祝《いわ》いパーティ？　いずみちゃん、いったいなにをお祝《いわ》いするの？」

あたしがたずねたら、いずみちゃん、はっとしたように口《くち》に手《て》をあてて。

「あれ？　まだいってなかったっけぇ？　あのね、謹慎処分《きんしんしょぶん》、なしになったの。」

「えええ！」

紫《ゆかり》さんとあたし、思《おも》わず顔《かお》を見合《みあ》わせた。

安倍先生《あべせんせい》もいってた自宅謹慎処分《じたくきんしんしょぶん》。それは、今日《きょう》の午前中《ごぜんちゅう》、学園《がくえん》で開《ひら》かれた『相撲節《すまいのせち》会《え》』という、お相撲《すもう》の大会《たいかい》で、あたしたちがやらかしたことへの罰《ばつ》。

いずみちゃんのカレシの平井保昌《ひらいやすまさ》さんが大会《たいかい》に出場《しゅつじょう》するんで、文芸部《ぶんげいぶ》の中一女子《ちゅうじょし》五人組《にんぐみ》がチアリーダーになった……って、ほんとは、いずみちゃんに半分《はんぶん》だまされたようなものなんだけど、それはともかく、そのときに着《き》た深紅《しんく》のチア服《ふく》が大問題《だいもんだい》になったんだよ。

というのも、この街《まち》の規則《きそく》では、正式《せいしき》な行事《ぎょうじ》のときには深紅《しんく》は『禁色《きんじき》』、つまり深紅《しんく》の服《ふく》を身《み》につけることは禁止《きんし》なんだそうで。着《き》てはいけない色《いろ》があるなんて、現代《げんだい》のあたしたちには信《しん》じられないけど、平安時代《へいあんじだい》がそうだったんだから、しょうがない。

それで、あたしたちは、東三条詮子《ひがしさんじょうあきこ》校長《こうちょう》から出席停止《しゅっせきていし》を言《い》いわたされたんだけど。

「それを聞《き》いた一条市長《いちじょうしちょう》が校長先生《こうちょうせんせい》に抗議《こうぎ》したんだってぇ。いまどき、そんな規則《きそく》をふりかざすなんて、時代《じだい》おくれもいいところだぁって。」

「でも、市《し》の規則《きそく》にしたがった校長先生《こうちょうせんせい》を市長《しちょう》さんが批判《ひはん》するの、おかしくない？」

あたしが首《くび》をかしげると。

「まあね〜。だから市長《しちょう》は『禁色《きんじき》』の規則《きそく》はこんどの学級会《がっきゅうかい》で廃止《はいし》にするって……。」

「いずみ、学級会《がっきゅうかい》じゃなくて市議会《しぎかい》な。クラスの話《はな》し合《あ》いじゃないんだから。」

すかさずツッこんだ紫《ゆかり》さんだけど、すぐにまた不思議《ふしぎ》そうな顔《かお》になって。

「だけど彩羽《いろは》のいうとおり、やっぱり変《へん》だよな。だって、財団《ざいだん》の会長《かいちょう》の兼家《かねいえ》ににらまれるだろ。あいつらは街《まち》や人《ひと》をいま風《ふう》に変《か》えるより、むしろ平安時代《へいあんじだい》にもどそうと……。」

「紫《ゆかり》さん！」

あたしはあわてて紫《ゆかり》さんにめくばせした。

時滑《ときすべ》りのことはいずみちゃんは知《し》らないんだよ。なのに、自分《じぶん》たちはほんとうは平安時《へいあんじ》代《だい》の人間《にんげん》で、この街《まち》は見《み》えないドームでおおわれてるなんて知《し》ったら、情報《じょうほう》はあっというまに広《ひろ》まって、街《まち》じゅう大《だい》パニックになりかねないでしょ。

紫《ゆかり》さんもすぐに気《き》づいたのか、とりつくろうように、せきばらいをして。

「あ、つまり、あたしがいいたいのは、条例《じょうれい》を廃止《はいし》だなんて大胆《だいたん》なことというの、一条市長《いちじょうしちょう》らしくないなぁってことで……。」

「パパが聞《き》いたうわさによるとぉ、手紙《てがみ》がきっかけらしいよぉ。」

ほっ。いずみちゃん、紫《ゆかり》さんが口《くち》をすべらせたことに気《き》づいてないみたい。

「そこには、古《ふる》い規則《きそく》や習慣《しゅうかん》をいまの時代《じだい》に合《あ》わせるべきだって書《か》いてあったんだって。

そしたら、市長《しちょう》さん、急《きゅう》にその気《き》になっちゃって、庚申待《こうしんま》ちや方違《かたたが》えもやめようって。」

その瞬間《しゅんかん》、頭《あたま》にうかんだのは友平《ともひら》さんのすがた。この街《まち》はタイムスリップしたままでい。藤原一族《ふじわらいちぞく》が富《とみ》と権力《けんりょく》をにぎる時代《じだい》が終《お》わればいい。そう考《かんが》えているんだよね……。

「とにかく、謹慎処分《きんしんしょぶん》が消《き》えたお祝《いわ》いに、今晩《こんばん》、家《いえ》でパーティを開《ひら》くことにしたのぉ！」

「パーティ？　それ、まずくない？　だって決《き》めたことをひっくりかえされた校長先生《こうちょうせんせい》の面目《めんぼく》は丸《まる》つぶれのはず。なのに、あたしたちがお祝《いわ》いしてるって知《し》ったら……。」

「そこは心配《しんぱい》いらないよぉ。表《おもて》むきは『保昌《やすまさ》くん、おめでとう』パーティだからぁ。」

「へ？　保昌先輩《やすまさせんぱい》が来《く》るの？　なんで？」

「おすもうだよぉ。保昌《やすまさ》くん、公仁先輩《きみひとせんぱい》を投《な》げとばしたでしょぉ？　だから、保昌《やすまさ》くん、すごかったねぇ、お祝《いわ》いだよぉって。」

「いやいやいや！　いずみちゃん、それこそお祝《いわ》いしちゃだめでしょ！　あれは勝《か》っちゃいけない勝負《しょうぶ》だったんだから。もともと兼家《かねいえ》さんがしくんだわなで……。」

「彩羽《いろは》！」

あ、ヤバッ。このことも、いずみちゃんは知《し》らないんだったっけ。

「もう、なによぉ！　二人《ふたり》ともさっきから、兼家《かねいえ》がどうとか、それはまずいとか、ケチばっかりつけてぇ。謹慎処分《きんしんしょぶん》がなくなったこと、うれしくないのぉ？」

「うれしいです、うれしいです！　それで、パーティは何時《なんじ》から？」

「六時《じ》ぃ！」

ほっ。こんども気《き》づかれずにすんだみたい。いずみちゃん、自己主張《じこしゅちょう》が強《つよ》いぶん、他人《たにん》の話《はなし》は聞《き》かないみたいで、こういうとき助《たす》かります。

「ママがお料理《りょうり》をたくさん準備《じゅんび》してるから、二人《ふたり》とも、おなかをすかせて来《き》てね！」

「そうはいっても、この一平《いっぺい》ちゃんだけは食《た》べ……。って、ちょっと待《ま》って。」

どうしたの、紫《ゆかり》さん。

「あたし、今日《きょう》の夕方《ゆうがた》、惟規《のぶのり》を病院《びょういん》に連《つ》れていくことになってたんだ。ほら、このあいだ入院《にゅういん》しただろ？　その後《ご》のようすを診察《しんさつ》したいって、いわれててさ。」

そうそう。一か月《げつ》ぐらい前《まえ》、紫《ゆかり》さんの弟《おとうと》の惟規《のぶのり》くん、病院《びょういん》に運《はこ》ばれたんだよね。原因《げんいん》は不明《ふめい》ってことになってるけど、実《じつ》は生霊《いきりょう》の祟《たた》りだったらしく。なので、祟《たた》りが消《き》えたところで治《なお》ったんだけど、お医者《いしゃ》さん的《てき》には、そういうわけにはいかないんだろうね。

「だから、ごめん。今回《こんかい》は彩羽《いろは》とあたしはパスってことで。」

そうしたら、いずみちゃんの目《め》が、みるみるつり上《あ》がって。

「なんでぇ？　だったら、紫《ゆかり》は弟《おとうと》ちゃんをお家《うち》に連《つ》れ帰《かえ》ったあと、遅《おく》れて来《く》ればいいじゃん。彩羽《いろは》は紫《ゆかり》とは別《べつ》に来《く》ればいいだけだし！」

「いや、彩羽《いろは》にひとりで街《まち》を歩《ある》かせるわけには……。」

「バカなこといわないでぇ！　転校《てんこう》したばかりならともかく、この街《まち》に来《き》てもう三か月近《げっちか》くたってるんだよぉ。迷子《まいご》になんかなるわけないじゃん！」

「いや、迷子《まいご》とかそういうことじゃなくて、なんていうか……。」

紫《ゆかり》さん、こまってる。そりゃあ、あたしのまわりではいろいろと怪異《かいい》が続《つづ》いていて、ついさっきも呪《のろ》いをかけられそうになったなんて、いえないものね。

「彩羽《いろは》はどうなの？　住所《じゅうしょ》と地図《ちず》があれば、ひとりで来《こ》られるよね？　ね？　ね？」

うわぁ、いずみちゃん、ほんとに自己主張強《じこしゅちょうつよ》い〜！

でも、いってること、まちがってません。いちいち納得《なっとく》です。

「うん、あたし、ひとりで行《い》けるよ。」

「おい、彩羽《いろは》……。」

「だいじょぶだよ、紫《ゆかり》さん。六時《じ》ならまだ明《あか》るいし。気《き》をつけて行《い》くから。そのかわり、遅《おく》れてでもいいから、紫《ゆかり》さんも来《き》てよ。帰《かえ》りはいっしょがいいから。」

「そうか？　だったら、そうするか……。」

「はい、決《き》まりぃ！　じゃあ待《ま》ってるからね〜。バッハッハーイ！」


というわけで、夕方《ゆうがた》の五時半《じはん》、あたしはひとり、地図《ちず》を手《て》に家《いえ》を出《で》た。

うーんと、まずは南《みなみ》に三ブロック行《い》って、錦小路《にしきこうじ》ストリートを西《にし》か……。

ひさびさのひとりの外出《がいしゅつ》。だけど外《そと》はまだまだ明《あか》るいし、道《みち》の通《とお》りかたがニューヨークと同《おな》じだから、通《とお》りの名前《なまえ》をチェックしていけば、迷《まよ》わずに行《い》けそう。

とはいえ、心細《こころぼそ》いことが一つ。行《ゆ》き交《か》う人《ひと》も車《くるま》もめちゃくちゃ少《すく》ないこと。しかも、道《みち》幅《はば》がものすごく広《ひろ》いわりに、建物《たてもの》はガラス張《ば》りの大《おお》きなビルばかりのせいで、スカスカ感《かん》がすごい。なので、さびしいというか、こわいというか、自然《しぜん》と足《あし》どりが速《はや》くなり。

って、ちゃんと通《とお》りの名前《なまえ》を見《み》ておかないとね。まちがったらたいへんだもの。

えっと、いま過《す》ぎたのは、六角《ろっかく》ストリートか。じゃあ、まだまっすぐ……。ん？

いま、だれかが、こっちを見《み》ていたような……。

あわてて、あたりを見《み》まわすと、目《め》にとびこんだのはキックボードに乗《の》った人影《ひとかげ》。

でも、それはむこうへ遠《とお》ざかっていくし、ほかにはだれもいない。

気《き》のせいか。となりに紫《ゆかり》さんがいないから、心細《こころぼそ》く感《かん》じただけかな。

気《き》をとりなおして歩《ある》きだしたものの、十メートルも進《すす》まないうちに、こんどは背中《せなか》に視《し》線《せん》を感《かん》じた。ふりかえっても、だれもいない。けど、人《ひと》がいる気配《けはい》はたしかにあって。

まるで、ものかげから、だれかがあたしをのぞいているような……。

『おそらく呪《のろ》い専門《せんもん》の「かくれ陰陽師《おんみょうじ》」のひとりでしょう。』

頭《あたま》の中《なか》で、安倍晴明先生《あべせいめいせんせい》の声《こえ》がよみがえった。

『ここまでするからには、金《かね》もうけ以上《いじょう》の理由《りゆう》、たとえば、われわれに対《たい》する強《つよ》いうらみがあるのかもしれません。』

じゃあ、またあたしに呪《のろ》いをかけにきたわけ？　こんな街《まち》のどまんなかで？

とはいえ、これだけ人通《ひとどお》りが少《すく》なければ、なにかされても、おかしくない……。

気《き》づいたときには、あたしは走《はし》りだしていた。とにかく逃《に》げなきゃ、そう思《おも》った。

一ブロック過《す》ぎた。でも、見《み》られている気配《けはい》は消《き》えない。

さらにもう一ブロック。まだ視線《しせん》を感《かん》じる。

〈錦小路《にしきこうじ》ストリート〉という標識《ひょうしき》が目《め》に入《はい》ったところで、右《みぎ》に曲《ま》がった。

角《かど》をまわりながら、うしろにちらりと目《め》をやる。

目《め》のはしっこにちらりと映《うつ》った。建物《たてもの》のかげにたたずむ人影《ひとかげ》が一つ。

ビルの入《い》り口《ぐち》から、頭《あたま》と体《からだ》を半分《はんぶん》だけ出《だ》して、じっとこっちを見《み》ている。

たぶん男《おとこ》の人《ひと》。でも大人《おとな》じゃない。背《せ》もそんなに高《たか》くない……。

曲《ま》がりきったところで見《み》えなくなった。もちろん、立《た》ち止《ど》まってたしかめようなんて、思《おも》いもしなかった。とにかく逃《に》げなきゃ！　少《すこ》しでも離《はな》れなきゃ！

あたしはうしろをふりかえることなく、錦小路《にしきこうじ》ストリートを走《はし》り続《つづ》けた。

ハァッ、ハァッ……。息《いき》が苦《くる》しい……。

どのくらい走《はし》ったのか、わからないけど、足《あし》がつかれて、早歩《はやある》きがやっと。

いずみちゃんのお家《うち》はどこ？　もうそのへんのはずなんだけど……。

「おおーい、彩羽《いろは》～！」

あ！　むこうから走《はし》ってくるピンクのミニワンピの女《おんな》の子《こ》、いずみちゃん？

「すごいね～！　ちゃんとひとりで来《こ》られたじゃ～ん！」

いずみちゃん、あたしにかけよると、むぎゅっとハグ。

「よかったよぉ。彩羽《いろは》を迷子《まいご》にしたら紫《ゆかり》にしかられちゃうし。って、彩羽《いろは》、なんで汗《あせ》かいてるの？　もしかして走《はし》ってきた？　遅《おく》れたっていいのに。学校《がっこう》じゃないんだからぁ！」

変《へん》な人《ひと》にあとをつけられたの、とはいえなかった。だって、いずみちゃん、すでに気分《きぶん》アゲアゲ。水《みず》をさしちゃいけないような気《き》がして。

「さあ、行《い》こう。保昌《やすまさ》くんたちをはじめ、もうみんなそろってるよ～！」

案内《あんない》されたのは三階建《がいだ》てのマンション。大《おお》きさも見《み》た目《め》も、紫《ゆかり》さんやあたしの家《いえ》と同《おな》じ。ってことは、いずみちゃんのお父《とう》さんの地位《ちい》も、紫《ゆかり》さんやあたしの父《とう》ちゃんたちと同《おな》じなのかな。この街《まち》では地位《ちい》が同《おな》じ人《ひと》は同《おな》じような建物《たてもの》に住《す》むって、紫《ゆかり》さんがいってたし。

で、階段《かいだん》で二階《かい》へ上《あ》がって、玄関《げんかん》のドアを開《あ》けると。

「もう、やだぁ！」

「ワッハハハ！」

男子《だんし》と女子《じょし》のにぎやかな声《こえ》に、思《おも》わずあたしの足《あし》が止《と》まる。そんなあたしの手《て》を、いずみちゃんはぎゅっとにぎって、中《なか》へとひっぱっていくと。

「ジャジャーン！　彩羽《いろは》が無事《ぶじ》に到着《とうちゃく》しましたぁ！」

そこにいたのは、小夜《さよ》ちゃんとアンちゃん、そして、四人《にん》の高一《こう》男子《だんし》！

「やあ、いらっしゃい！」

ひとりの男子《だんし》が声《こえ》をあげると、のこりの三人《にん》もにっこり。

「こ、こんにちは……。はじめまして、一《いち》ノ瀬《せ》彩羽《いろは》です……。」

「なにボケてんの、彩羽《いろは》ぁ。保昌《やすまさ》くんは初《はじ》めてじゃないでしょぉ？　庚申待《こうしんま》ちのお泊《と》まり会《かい》のとき、あたしたち、助《たす》けてもらったじゃなぁい！」

そ、そうだった。っていうか、紫《ゆかり》さんとあたしは、ほかの三人《にん》にも会《あ》ってるんだよね。

二か月近《げっちか》く前《まえ》、街《まち》で『無骨《ぶこつ》』っていうロックバンドの男《おとこ》たちにとりかこまれて、〝よそ者《もの》は出《で》ていけ〟とか〝呪《のろ》ってやる〟って脅《おど》されたとき、かけつけてくれたのが、道長先輩《みちながせんぱい》とこの四人《にん》なんだもの。

「でも、こうして顔《かお》を見《み》て話《はな》したことはないから、はじめましてみたいなものだよ。」

そういって微笑《ほほえ》んだのは、アンちゃんのとなりのさわやか系男子《けいだんし》。

「平致頼《たいらむねより》です。よろしく。」

すると、小夜《さよ》ちゃんのとなりで、よく日《ひ》に焼《や》けて彫《ほ》りの深《ふか》い顔立《かおだ》ちのワイルド系男子《けいだんし》が。

「おれは源頼信《みなもとよりのぶ》。よろしく。」

それに続《つづ》いたのは、色白《いろじろ》でほっそりとしたクールでインテリな感《かん》じの人《ひと》。

「平維衡《たいらこれひら》といいます。よろしく。」

最後《さいご》はいずみちゃんのカレシで、今日《きょう》、あたしたちが例《れい》のチア服《ふく》で応援《おうえん》した体育会系《たいいくかいけい》。

「平井保昌《ひらいやすまさ》です……。」

「はぁい！　これで道長四天王《みちながしてんのう》の自己紹介《じこしょうかい》は終了《しゅうりょう》でぇす！」

この四人《にん》は道長先輩《みちながせんぱい》の忠実《ちゅうじつ》な仲間《なかま》。道長《みちなが》ぎらいの紫《ゆかり》さんは〝道長《みちなが》の子分《こぶん》〟って呼《よ》んでるけど、四天王《してんのう》っていうと、かっこいいね。なんてことを考《かんが》えていたら。

「じゃあ、彩羽《いろは》は維衡《これひら》さんのとなりにすわってぇ。」

「え？　な、なんで？」

「なんでって、保昌《やすまさ》くんのとなりはあたしなんだからぁ、彩羽《いろは》がそこにすわらないと、ペアにならないでしょ。これはさ、合《ごう》コンなんだからぁ！」

ぺ、ペア？　合《ごう》コン⁉

そういえば、前《まえ》にいずみちゃんがいってたっけ。道長先輩《みちながせんぱい》と四天王《してんのう》の五人《にん》と、文芸部《ぶんげいぶ》の中《ちゅう》一女子《じょし》五人組《にんぐみ》はペアになれるって。

道長《みちなが》×紫《ゆかり》。保昌《やすまさ》×いずみ。頼信《よりのぶ》×小夜《さよ》。致頼《むねより》×アン。維衡《これひら》×あたし。

そうか……。恋《こい》バナクイーンのいずみちゃんは、謹慎処分解除《きんしんしょぶんかいじょ》のお祝《いわ》いパーティを、最《さい》初《しょ》から合《ごう》コンにするつもりだったんだ……。

「それじゃあ、みんな、好《す》きな飲《の》み物《もの》をついでぇ！　はい、カンパ〜イ！」

「乾杯《かんぱい》！」

みんなでグラスをカチン。で、四天王《してんのう》はごくごく飲《の》む一方《いっぽう》、アンちゃんたちは、かわいこぶりっこしてるのか、ちょっと口《くち》をつけるだけ。あたしはどうしたらいいのかわからず、グラスを手《て》にして、どぎまぎするばかりで。

「みんな、好《す》きなもの、食《た》べてねぇ！　フライドチキンにフライドポテト。カナッペも生《なま》ハム、サンドイッチもあるよぉ。あたしのおすすめはぁ、アボカドディップぅ。クラッカーにのせて食《た》べると、チョーおいしいんだからぁ！　保昌《やすまさ》くんに作《つく》ってあげるぅ。」

す、すご。いずみちゃん、めっちゃ積極的《せっきょくてき》……。

「彩羽《いろは》さん。カナッペとフライドチキン、とってあげますよ。」

え？　維衡《これひら》さん、あたしのとり皿《ざら》にお料理《りょうり》をとりわけてくれてる……。

「す、す、すいません……。」

あわあわするあたしをよそに、アンちゃんは致頼《むねより》さんと、小夜《さよ》ちゃんは頼信《よりのぶ》さんと、好《す》きな食《た》べもののこととか、ゲームはするのかとか、おしゃべりに花《はな》をさかせていて。

考《かん》えてみれば、あたしが育《そだ》ったアメリカこそ、ホームパーティがさかんなんだけどね。

でも、父《とう》ちゃんは研究《けんきゅう》ひとすじだから、そんなもの、開《ひら》いたことも招《まね》かれたこともなく。

しかし、平安時代《へいあんじだい》からタイムスリップしてきた人《ひと》たちに、パーティのノリで負《ま》けるとは。

ちょっとフクザツ……。

3 なんて平安《へいあん》な合《ごう》コン！

〝合《ごう》コン〟とやらがはじまって三十分《ぷん》。みんな、食《た》べて、飲《の》んで、おしゃべりに夢中《むちゅう》。

「『つーか、おれ、漢詩《かんし》の名人《めいじん》たちの舟《ふね》に乗《の》るべきだったかも。』」

いま、小夜《さよ》ちゃんのとなりでは、頼信《よりのぶ》さんがモノマネのまっさいちゅう。

「『男《おとこ》の教養《きょうよう》はやっぱ漢詩《かんし》だしさ。さっきの和歌《わか》でトップをとれるなら、漢詩《かんし》でも楽勝《らくしょう》だったと思《おも》うんだよな。』」

終《お》わったとたん、わっと笑《わら》い声《ごえ》があがった。

「上手《じょうず》〜！　公仁先輩《きみひとせんぱい》にそっくり〜！」

「ほんと、公仁《きみひと》のやつ、キザったらしいよな。」

「そんな公仁先輩《きみひとせんぱい》を投《な》げとばした保昌《やすまさ》くん、ほんと、かっこいいよぉ〜！」

いずみちゃん、ねこなで声《ごえ》で保昌《やすまさ》さんにしなだれかかってる。ところが、保昌《やすまさ》さんは微《び》

妙《みょう》に笑《わら》うだけ。それに気《き》づいたいずみちゃん、ぽんと保昌《やすまさ》さんの腕《うで》をたたいて。

「保昌《やすまさ》くん、どうかしたのぉ？　さっきから元気《げんき》なくなぁい？」

そりゃそうだよ。いずみちゃんにはいえないけど、保昌《やすまさ》さん、今日《きょう》、道長先輩《みちながせんぱい》か、そのお父《とう》さんの兼家《かねいえ》さんに、メチャメチャしかられたはずなんだから。

それは、石清水八幡宮《いわしみずはちまんぐう》というところで開《ひら》かれる石清水祭《いわしみずさい》に関係《かんけい》すること。

このお祭《まつ》りは、毎年《まいとし》八月《がつ》十五日《にち》に開《ひら》かれるんだけど、去年《きょねん》は中止《ちゅうし》になった。理由《りゆう》は〝猛暑《もうしょ》で外出《がいしゅつ》が危険《きけん》だから〟。でも、ほんとうの理由《りゆう》は別《べつ》。

街《まち》のほとんどの人《ひと》は知《し》らないけれど、タイムスリップのあと、この街《まち》は目《め》に見《み》えないドームにおおわれてしまった。そして石清水八幡宮《いわしみずはちまんぐう》は平安京《へいあんきょう》の外《そと》にある。つまり、そもそもお祭《まつ》りには行けないの。

ただし、この街《まち》の権力者《けんりょくしゃ》の藤原兼家《ふじわらかねいえ》さんは、その事実《じじつ》をかくしたまま、街《まち》を平安時代《へいあんじだい》にもどそうとしている。だから、それができるまでは石清水祭《いわしみずさい》を中止《ちゅうし》にしたい。

そこで思《おも》いついたのが相撲節会《すまいのせちえ》。もともと、むかしのおすもうには占《うらな》いの意味《いみ》があったそうで、公仁先輩《きみひとせんぱい》vs.《バーサス》保昌《やすまさ》さんの取組《とりくみ》をお天気占《てんきうらな》いとして使《つか》うことにしたの。

どちらかに『猛暑《もうしょ》』って書《か》かれた札《ふだ》をぬいつけた短《たん》パンをはかせて、勝《か》ったほうが「猛《もう》暑《しょ》」の札《ふだ》をもっていれば、今年《ことし》も石清水祭《いわしみずさい》は中止《ちゅうし》。そうでなければ開催《かいさい》。そして勝《か》つのは『猛暑《もうしょ》』の札《ふだ》をつけた公仁先輩《きみひとせんぱい》、そう決《き》まってた。

ところが、いずみちゃんが企画《きかく》した、あたしたちチアガールの大声援《だいせいえん》に、保昌《やすまさ》さんは感《かん》激《げき》。思《おも》わず台本《だいほん》を忘《わす》れて、公仁先輩《きみひとせんぱい》に勝《か》っちゃった！

このこと、同《おな》じ子分《こぶん》の、いや四天王《してんのう》の維衡《これひら》さんたちも知《し》っているようで。

「いずみくん、保昌《やすまさ》は疲《つか》れてるんだよ。」

「なにしろ、大一番《おおいちばん》だったからな。」

と、さりげなく、保昌《やすまさ》さんをフォロー。

「それなら、みなさんで、なにかして遊《あそ》びませんこと？」

さすがはアンちゃん。事情《じじょう》は知《し》らなくても、空気《くうき》を読《よ》んで場《ば》をなごませる天才《てんさい》です。

「いいね〜。でも、なにするぅ？　テレビゲームはあるけど、八人《にん》でいっしょは無理《むり》だし。あ、山手線《やまのてせん》ゲームとかぁ？」

「なぞなぞは、いかがかしら？」

「なぞなぞぉ？　いくらなんでも、合《ごう》コンでなぞなぞは子《こ》どもっぽすぎるっしょ！」

ところが、そこでアンちゃんと〝ペア〟の致頼《むねより》さんがひとこと。

「それはいいね。アンさんは、なにかおもしろいなぞなぞを知《し》ってるのかな？」

へぇ～。相手《あいて》のことを否定《ひてい》しないで、まず受《う》け入《い》れてくれるって、やさしいな～。致頼《むねより》さん、見《み》た目《め》だけじゃなくて、性格《せいかく》もさわやか系《けい》なんだね。

「はい。お家《うち》で見《み》つけた本《ほん》に、むかしのなぞなぞが書《か》いてあったんです。それでは、出《だ》しますよ。あ、いずみちゃん、紙《かみ》とペンを貸《か》してくださる？」

で、メモ用紙《ようし》とペンを受《う》けとったアンちゃんが、さらさらと書《か》いたのは。

『子子子子子子子子子子子子』

「これはどういう意味《いみ》か、おわかりになる方《かた》、いらして？」

ん？　子《こ》っていう漢字《かんじ》が十二個《こ》ならんでるだけなのに、なにか意味《いみ》あるの？

「あ、おれ、わかったぜ。」

どや顔《がお》をしているのは頼信《よりのぶ》さん。

「十二支《じゅうにし》だろ。『子《こ》』には『こ』のほかに『し』って読《よ》みがあるからな。そして十二支《じゅうにし》のはじまりは『子《ね》』。どう？　当《あ》たりだろ？」

そうしたら、致頼《むねより》さんが、ぷっとふきだして。

「それは無理《むり》があるだろ。十二支《じゅうにし》は『子丑寅《ねうしとら》……』で、『子子子《ねねね》……』じゃない。」

「なんだよ。だったら、おまえ、わかるのかよ。」

「んー、わからん。アンさん、教《おし》えてくれるかな？」

やさしい声《こえ》に、アンちゃん、ほっぺを朱色《しゅいろ》に染《そ》めて。

「はい。答《こた》えは『子子《ねこ》の子《こ》、子子子《こねこ》、子子《しし》の子《こ》、子子子《こじし》』ですわ。」

は？　なんすか、それ？

「漢字《かんじ》で書《か》くとよくわかるわよ、彩羽《いろは》さん。ほら。」

『猫《ねこ》の子《こ》、子猫《こねこ》。獅子《しし》の子《こ》、子獅子《こじし》』

あ、そういう言葉遊《ことばあそ》びか！　ライオンのこと、獅子《しし》っていうもんね。

「これは、日本《にほん》で最初《さいしょ》に記録《きろく》されたなぞなぞなんですって。平安時代《へいあんじだい》に、嵯峨天皇《さがてんのう》が小野《おのの》篁《たかむら》って人《ひと》に出《だ》したそうです。」

え？　平安時代《へいあんじだい》？

「へぇ、おもしろいね。アンさん、ほかにも知《し》っているのかな？」

さわやか致頼《むねより》さん、さりげなくアンちゃんをうながしてる。

「はい。それでは第《だい》二問《もん》。『紅《べに》の糸腐《いとくさ》りて虫《むし》となる』。これはなんでしょう？」

「こんどは俳句《はいく》、いや、和歌《わか》の上《かみ》の句《く》のなぞなぞかな？　だれか、わかるかい？」

致頼《むねより》さんが、みんなの顔《かお》を見《み》まわすと、あたしのとなりで維衡《これひら》さんが息《いき》をついて。

「おれ、わかったかも。アンさん、これは平安時代《へいあんじだい》に流行《はや》った『偏《へん》つぎ』に関係《かんけい》があるんじゃない？」

「はい、そうです。」

あれれ？　また平安時代《へいあんじだい》？

「アンちゃん、偏《へん》つぎって、なぁに？」

「『偏《へん》つぎ』は平安時代《へいあんじだい》の姫《ひめ》たちが遊《あそ》んだゲームよ。漢字《かんじ》には『偏《へん》』と『旁《つくり》』があるでしょ？『氵《さんずい》』と『青《あお》』で『清《しん》』とか。出《だ》された『旁《つくり》』に『偏《へん》』を合《あ》わせて、だれがいちばんたくさん漢字《かんじ》を作《つく》れるかを競《きそ》うの。」

それは帰国子女《きこくしじょ》には、ハードルが高杉《たかすぎ》くん！　だれか、答《こた》えをお願《ねが》いしまーす。

「あたし、わかったかも！」

おっ、小夜《さよ》ちゃん！

「答《こた》えは『虹《にじ》』じゃない？　だって、『紅《べに》の糸腐《いとくさ》りて』は、糸偏《いとへん》がなくなったってことでしょ？　かわりに、偏《へん》が虫《むし》になれば『虹《にじ》』だもの。」

「小夜《さよ》ちゃん、正解《せいかい》！」

「アンちゃん、もっと出《だ》してぇ！　保昌《やすまさ》くんはあたしが正解《せいかい》できるように応援《おうえん》してぇ！」

いずみちゃん……。

「でしたら、第《だい》三問《もん》。同《おな》じように漢字《かんじ》のなぞなぞです。『上《うえ》を見《み》れば下《した》にあり、下《した》を見《み》れば上《うえ》にあり、母《はは》の腹《はら》を通《とお》りて、子《こ》の肩《かた》にあり』、これ、なーんだ？」

「はぁ？　ちょっとアンちゃん、急《きゅう》に難度《なんど》、上《あ》がってなぁい？」

いずみちゃんだけじゃなく、ほかのみんなも目《め》を白黒《しろくろ》。と思《おも》ったら。

「それ、もしかして『一』かな？」

ぽつりとつぶやいたのは、なんと保昌《やすまさ》さん。

「どうして、そう思《おも》われるのですか？」

「いや、『上《うえ》』っていう漢字《かんじ》の下《した》にあるのは『一』、『下《した》』って漢字《かんじ》の上《うえ》にあるのは『一』。それから『母《はは》』って漢字《かんじ》のまんなかには『一』が通《とお》っているし、『子《こ》』の字《じ》の『一』は、漢字《かんじ》を人《ひと》の体《からだ》に見立《みた》てれば、肩《かた》にあるといえなくもない……。」

「すごいですわ、保昌先輩《やすまさせんぱい》！　大正解《だいせいかい》です！」

「保昌《やすまさ》くん、あたしは応援《おうえん》してっていったのぉ！　自分《じぶん》で答《こた》えちゃだめじゃなぁい！」

「あ……。ご、ごめん……。」

保昌《やすまさ》さん、ちょっと元気《げんき》になったのに、またシュンとしちゃった。そんなすがたに男子《だんし》三人《にん》、大笑《おおわら》い。そして、あたしのとなりで維衡《これひら》さんが、よしっと、声《こえ》をあげて。

「じゃあ、こんどはおれが、もっと平安時代《へいあんじだい》らしいクイズを出《だ》してやる。」

え？　どういうこと？　みんな、平安時代《へいあんじだい》にこだわってない？

「『紫《むらさき》の上《うえ》の隠《こも》れしみぎりに源氏《げんじ》のあとをとどめしは如何《いか》に』？」

「おいおい、維衡《これひら》……。」

頼信《よりのぶ》さん、あきれ顔《がお》でつっこんできた。

「おまえが頭《あたま》はいいのはわかってるけど、空気《くうき》、読《よ》めなすぎだぞ。いきなり『源氏物語《げんじものがたり》』

から問題《もんだい》を出《だ》したりして、みんな、ひいてるじゃねえか。」

いや、ひくもなにも、あたしはそもそも『源氏物語《げんじものがたり》』からの出題《しゅつだい》かどうかさえ、わかりませんでした、はい。

そうしたら、アンちゃんがそっとあたしにささやいてくれて。

「彩羽《いろは》さん、紫《むらさき》の上《うえ》は『源氏物語《げんじものがたり》』の主人公《しゅじんこう》、光源氏《ひかるげんじ》の愛妻《あいさい》のこと。ところが『御法《みのり》』っていう巻《まき》で、先《さき》に亡《な》くなってしまい、光源氏《ひかるげんじ》は悲《かな》しみにくれるの。いまのなぞなぞの『紫《むらさき》の上《うえ》の隠《こも》れしみぎりに』っていうのは、そこを意味《いみ》していて……。」

アンちゃん、説明《せつめい》、ありがとうございます。でも、あたしの小《ちい》さな脳《のう》みそでは、それ以上《いじょう》いわれても、理解《りかい》ができない……。

ところが、維衡《これひら》さんのほうは平気《へいき》な顔《かお》で。

「『源氏物語《げんじものがたり》』の知識《ちしき》は必要《ひつよう》ない。いままでと同《おな》じ、漢字《かんじ》なぞなぞさ。よし、じゃあ、もっと問題《もんだい》をわかりやすくしよう。よく聞《き》いてくれよ。」

維衡《これひら》さん、すっと背《せ》すじをのばすと、大《おお》きな声《こえ》で。

「紫《むらさき》の上《うえ》がなくなったあと、源氏《げんじ》のあとがのこる——これで、どうだ？」

「紫《むらさき》」という漢字《かんじ》の上《うえ》？　それは「此《この》」だよね。これがなくなると……。あ、「糸《いと》」か。

で、「源氏《げんじ》」のあとがのこる、は、「源《みなもと》」と「氏《し》」のあとのほうの字《じ》、つまり「氏《し》」がのこるってことかな？　すると、「糸《いと》」と「氏《し》」で……。

ああ、わかったかも！

「答《こた》えは『紙《かみ》』じゃないですか!?」

「正解《せいかい》。アメリカ帰《がえ》りのわりに、漢字《かんじ》なぞなぞがわかるとは、すごいね、きみ。」

おおお～。インテリイケメンの維衡《これひら》さんにほめられました～！

「彩羽《いろは》に負《ま》けるなんてくやしい～。保昌《やすまさ》くんも、いずみのこと、もっと応援《おうえん》してよぉ。」

「あ、ご、ごめん……。」

またまた、いずみちゃんにしかられた保昌《やすまさ》さん、ごつい体《からだ》を小《ちい》さくして、ぺこぺこ。そのすがたに、みんなも爆笑《ばくしょう》。

と、そんなとき、アンちゃんのとなりで致頼《むねより》さんが、ぽつり。

「しかし、こんなふうに女子《じょし》とパーティを開《ひら》くって、なんか不思議《ふしぎ》な感《かん》じだな。」

そうしたら、ワイルド系《けい》イケメンの頼信《よりのぶ》さんも、はっと顔《かお》を上《あ》げて。

「あ、おまえも？　おれもだよ！　なんかさ、さっきから、となりに女子《じょし》がすわっていることが不思議《ふしぎ》っていうか、〝あれっ？〟ってなるんだよ！」

それを聞《き》いたいずみちゃん、目《め》を白黒《しろくろ》。

「どういうことぉ？　だって、学園《がくえん》でもふつうに机《つくえ》をならべてるでしょぉ？」

「そうだけどさ。なんか、むかしはこうじゃなかったような気《き》がするんだよな。」

「そういや、平安時代《へいあんじだい》は、男《おとこ》は女《おんな》の顔《かお》を気軽《きがる》には見《み》られなかったらしいな。」

口《くち》をはさんだのは、あたしのとなりの維衡《これひら》さん。

「古典《こてん》の参考書《さんこうしょ》に書《か》いてあったんだ。平安時代《へいあんじだい》の男《おとこ》は、恋《こい》をする前《まえ》に相手《あいて》の顔《かお》を見《み》られることはめったになかったそうだ。」

「それって、女《おんな》の人《ひと》は顔《かお》をかくしていたっていうことですか？」

たずねるアンちゃんに、維衡《これひら》さん、インテリっぽく静《しず》かにうなずいて。

「貴族《きぞく》の女性《じょせい》はね。さっきのクイズに出《で》てきた紫《むらさき》の上《うえ》も、光源氏《ひかるげんじ》がそのすがたを『垣間《かいま》見《み》』をしたことから、恋《こい》がはじまるんだよ。」

恋《こい》って言葉《ことば》に、がぜん身《み》を乗《の》りだしたのが、小夜《さよ》ちゃん。

「垣間見《かいまみ》？　それってなんですか？」

「物《もの》のあいだやすきまからこっそり見《み》るってことだな。」

そうしたら、いずみちゃん、きゃっと声《こえ》をあげながら首《くび》をすくめて。

「それって、のぞき見《み》じゃん！　犯罪《はんざい》だよ、犯罪《はんざい》！」

「いまと平安時代《へいあんじだい》をいっしょにするなって。おまえと保昌《やすまさ》がつきあうのだって、平安時代《へいあんじだい》なら『垣間見《かいまみ》』から、はじまってたはずなんだから。」

維衡《これひら》さんがそういうと、頼信《よりのぶ》さんがにやり。

「たとえば、『おい、保昌《やすまさ》。錦小路《にしきこうじ》ストリートに、いずみっていうかわいい女《おんな》の子《こ》がいるらしいぞ。ちょっとのぞいてこいよ。』みたいな？」

「きゃあ！　そんなこといわれたら、はずかしい〜！」

いずみちゃん、ぜんぜん、はずかしがってるようには見《み》えませんが。

「でも、ちらっとしか見《み》えないのでしょう？　それで恋《こい》に発展《はってん》するのかしら。」

アンちゃんが不思議《ふしぎ》そうな顔《かお》をすると、維衡《これひら》さんがまた口《くち》を開《ひら》いて。

「次《つぎ》の段階《だんかい》は手紙《てがみ》だ。男《おとこ》が『ぼくとつきあいませんか？』みたいな手紙《てがみ》を出《だ》すと、返事《へんじ》が来《く》る。その字《じ》がきれいだと、男《おとこ》はがぜん恋心《こいごころ》を燃《も》やしたらしい。」

「字《じ》がきたなかったら、ふられるってことですか？　あたし、ペン習字《しゅうじ》、習《なら》う！」

小夜《さよ》ちゃん、それはむかしの話《はなし》だよ。って、小夜《さよ》ちゃんも、ほんとは平安時代《へいあんじだい》の女《おんな》の子《こ》なんだよね。だったら、真剣《しんけん》に心配《しんぱい》するのも無理《むり》ないか。

って、さっきからずっと平安時代《へいあんじだい》のことで盛《も》り上《あ》がってない？　まさか、みんな、タイムスリップ前《まえ》の記憶《きおく》をとりもどしはじめてる？　って、さすがにそれはないか。

「なるほどな。平安時代《へいあんじだい》って、いろいろめんどくさかったんだな。」

頼信《よりのぶ》さん、そういうと保昌《やすまさ》さんをふりかえって。

「いまに生《う》まれてよかったな、保昌《やすまさ》。あんなに大勢《おおぜい》の前《まえ》で、女子《じょし》に応援《おうえん》してもらうなんて、むかしだったら、ありえなかったんだぞ。」

でも、おすもうの失敗《しっぱい》のこと、保昌《やすまさ》さん、まだ気《き》にしているのか。

「まあ、そうだけどさ……。」

と、あいかわらず歯切《はぎ》れが悪《わる》い。すると、頼信《よりのぶ》さんがひとこと。

「だいじょぶだって。名誉挽回《めいよばんかい》のチャンスは来《く》るからさ。」

そのとたん、いずみちゃんが、がばっとふりかえって。

「名誉挽回《めいよばんかい》？　え？　保昌《やすまさ》くん、おすもうに勝《か》っちゃいけなかったのぉ？」

い、いずみちゃん、こんどは気《き》づくわけ？　紫《ゆかり》さんやあたしの話《はなし》はろくに聞《き》いてないくせに、カレシのことになると、集中力《しゅうちゅうりょく》、めっちゃ高《たか》くない？

これには頼信《よりのぶ》さんも、あわてて。

「いや、名誉《めいよ》を挽回《ばんかい》じゃなくて、また名誉《めいよ》を手《て》に入《い》れるチャンスっていう意味《いみ》で……。」

ところが保昌《やすまさ》さんは保昌《やすまさ》さんで、二人《ふたり》のやりとりの意味《いみ》に頭《あたま》がまわらないのか。

「そんなチャンス、あるかな。おれは維衡《これひら》みたいに頭《あたま》はよくないし、とりえといったら、腕《うで》っぷしぐらいだから……。」

「だからこそ、鬼退治《おにたいじ》をたのまれるかもしれないぞ。」

つぶやいたのは、あたしのとなりの維衡《これひら》さん。

「別《べつ》にからかっているわけじゃない。平安時代《へいあんじだい》、酒呑童子《しゅてんどうじ》っていう鬼《おに》を退治《たいじ》した勇者《ゆうしゃ》たちがいて、そのひとりが保昌《やすまさ》って名前《なまえ》なんだ。」

「そんなむかしの話《はなし》！　いまどき、鬼《おに》なんかいるわけが……。」

いいかえす保昌《やすまさ》さんを、維衡《これひら》さんがさえぎった。

「ほんものの鬼《おに》はいないさ。でも、鬼《おに》という言葉《ことば》は、人《ひと》の目《め》から隠《かく》れていることを意味《いみ》する『隠（おん）／（おぬ）』から生《う》まれたという説《せつ》もある。つまり、おれたちの目《め》から、真実《しんじつ》を〝隠《かく》〟しているものをやっつけるのも、鬼退治《おにたいじ》ってことになるだろ？」

するど、それをひきとるように、さわやか致頼《むねより》さんが口《くち》を開《ひら》いた。

「維衡《これひら》のいうこと、わかるような気《き》がする。最近《さいきん》、『無骨《ぶこつ》』とかいうおかしなやつらが騒《さわ》ぎを起《お》こしたり、彗星《すいせい》が現《あらわ》れたり、おかしなこと続《つづ》きだし。だいたい、八月《がつ》の石清水祭《いわしみずさい》を開《ひら》くかどうかをすもうで決《き》めるのだって、変《へん》だしな。」

そうしたら、それを聞《き》いていたワイルド系《けい》の頼信《よりのぶ》さん、急《きゅう》に真顔《まがお》になって。

「ってことはなにか？　維衡《これひら》も致頼《むねより》も、おれたちの目《め》に見《み》えないところで、なにかおかしな力《ちから》がうごめいているって、いいたいのか？」

二人《ふたり》とも、イエスともノーともいわない。一方《いっぽう》、アンちゃんたちは、なんの話《はなし》かわからず、ぽかん。おかげで、あんなににぎやかだったお部屋《へや》がしずまりかえっちゃった。

でも、そんなビミョーな空気《くうき》を破《やぶ》ったのは、やっぱりいずみちゃんで。

「はーい、むずかしいお話《はなし》はやめやめ～！　それより、やっぱり山手線《やまのてせん》ゲームやろ～。」

「イエーイ！　お題《だい》は？」

「枕詞《まくらことば》～！」

は？　それって和歌《わか》の最初《さいしょ》に出《で》てくる言葉《ことば》？　なんか、また平安時代《へいあんじだい》っぽくない？

っていうか、あたし、そういうの、ぜんぜん知《し》らないんですけど……。

「せーのっ！　あかねさす！」

わっ、はじまった……。

「ひさかたの！」

す、すごっ。みんな、すらすら出《で》てくるよ。これって、ほんとはみんなが平安時代《へいあんじだい》の人《ひと》だからってこと？　それより、あと三人《にん》で、あたし。ど、どうしよ……。

「もののふの！」

そうだ。一つだけ知《し》ってるかも！　ほら、競技《きょうぎ》かるたをテーマにした名作《めいさく》コミック。あのタイトル、たしか、百人一首《ひゃくにんいっしゅ》の中《なか》の和歌《わか》の枕詞《まくらことば》だよね。

「ちはやふる！」

ぎゃあ、先《さき》にいわれたぁ！　ど、どうしよ……。

4 恋《こい》は遠《とお》くて近《ちか》きもの!?

次《つぎ》の日《ひ》の朝《あさ》。

登校《とうこう》しようとマンションの外《そと》に出《で》ると、そこにはいつものように紫《ゆかり》さんのすがたが。

「あ、おはよう、紫《ゆかり》さん！　……え？」

紫《ゆかり》さん、いまにも泣《な》きそうな顔《かお》してる。どういうこと？

「彩羽《いろは》、きのうは行《い》けなくてごめん。病院《びょういん》、思《おも》ったより時間《じかん》かかっちゃってさ。」

「なんで、あやまるの？　別《べつ》にドタキャンしたわけじゃないでしょ。」

きのうの夜《よる》、いずみちゃんの家《いえ》に紫《ゆかり》さんから電話《でんわ》があったの。今日《きょう》は行《い》けないって。

「でも、あたしは、いつも彩羽《いろは》のそばにいて守《まも》るって約束《やくそく》したし……。」

「守《まも》ってくれたよ。紫《ゆかり》さんが連絡《れんらく》をくれたから、いずみちゃんのお父《とう》さん、車《くるま》で家《いえ》まで送《おく》ってくれたし。行《い》きだって、いずみちゃん、マンションの前《まえ》であたしを待《ま》ってたんだよ。」

いずみちゃんが『彩羽《いろは》を迷子《まいご》にしたら紫《ゆかり》にしかられちゃう。』っていってたことを話《はな》すと、紫《ゆかり》さんは、やっと笑顔《えがお》になってくれた。

「そっか。じゃあ、よかったよ。で、どうだった、パーティ？」

「それがさ！」

学園《がくえん》へ歩《ある》きながら、いずみちゃんがパーティを開《ひら》いた目的《もくてき》は、謹慎処分《きんしんしょぶん》が消《き》えたお祝《いわ》いでも、保昌《やすまさ》さんが勝《か》ったお祝《いわ》いでもなく、最初《さいしょ》から合《ごう》コンだったことを話《はな》してあげた。

「高一《こう》男子《だんし》と中一《ちゅう》女子《じょし》の合《ごう》コン⁉　まさか！」

「その〝まさか〟なんだよ。すわる席《せき》も男女《だんじょ》たがいちがいで、いずみちゃんなんか、保昌《やすまさ》さんのためにお料理《りょうり》をとってあげちゃったりして。」

「うわぁ！　って、いずみなら、それくらいのことはやるか。」

「いずみちゃんだけじゃないよ。アンちゃんはさわやか系《けい》の致頼《むねより》さんと、小夜《さよ》ちゃんはワイルド系《けい》の頼信《よりのぶ》さんのとなりで、まんざらでもない感《かん》じでさぁ。」

「へぇ。あ、ってことは、あたしは行《い》かなくて正解《せいかい》だったたってことだな。」

「どうして？」

「だって、女子《じょし》がひとりあまっちゃうじゃないか。あたしがいないおかげで、彩羽《いろは》は維衡《これひら》先輩《せんぱい》とペアになれたわけだろ？　で、どうなんだよ、ああいう頭《あたま》がいい男子《だんし》、彩羽《いろは》、タイプなんじゃないのか？　いろいろ教《おし》えてもらって、ぐっと来《き》ちゃったとか？」

「ちょっと、やめてよ～。たしかに維衡《これひら》さんって、すごい物知《ものし》りだけど、いちいちウンチクを語《かた》ったりするのはちょっと……。ん？」

あたしは足《あし》を止《と》めた。だれかに見《み》られてる。そんな気《き》がしたから。

ううん、気《き》がするだけじゃない。たしかに背中《せなか》に視線《しせん》を感《かん》じる。きのう、いずみちゃんの家《いえ》に行《い》くときに感《かん》じたのと同《おな》じ、じりじりとした視線《しせん》を……。

ふりかえると、建物《たてもの》のかげにだれかいるのがわかった。でも、顔《かお》は見《み》えなくて……。

「どうした、彩羽《いろは》？」

不思議《ふしぎ》そうな顔《かお》で、紫《ゆかり》さんがあたしをふりかえる。

でも、あたしが口《くち》を開《ひら》くより早《はや》く、建物《たてもの》のかげから人《ひと》のすがたが現《あらわ》れた。

ずんぐりとした男子《だんし》。白《しろ》い詰《つ》めえりの制服《せいふく》。ってことは、クリサンテーム学園《がくえん》の人《ひと》。

それが、道路《どうろ》の反対《はんたい》がわの歩道《ほどう》を、あたしたちと同《おな》じ方向《ほうこう》にずんずん歩《ある》いていく。

でも、きりっとした目《め》をまっすぐ前《まえ》にむけて、こっちに気《き》づいたような気配《けはい》はなく。

ってことは、あたしを見《み》ていたのは、あの男子《だんし》じゃない？

「彩羽《いろは》、重家《しげいえ》のこと、知《し》ってるのか？」

あたしの視線《しせん》を追《お》っていた紫《ゆかり》さんが、聞《き》いてきた。

「しげいえ？」

「あの人《ひと》は中二《ちゅう》の藤原重家《ふじわらしげいえ》っていうんだ。道長《みちなが》たちとはまた別《べつ》の藤原《ふじわら》、っていうか、あいつの父親《ちちおや》の顕光《あきみつ》は、兼家《かねいえ》とはケンエンの仲《なか》でさ。」

ケンエン……。あ、たばこの煙《けむり》がきらいってこと？

「それは嫌煙《けんえん》。あたしがいってるのは犬猿《けんえん》。犬《いぬ》とサルは顔《かお》を合《あ》わせればすぐけんかになることから、めちゃくちゃ仲《なか》が悪《わる》いことを犬猿《けんえん》の仲《なか》、って、そんなことより名前《なまえ》も知《し》らないやつを、どうしてそんなにガン見《み》するんだよ。……あ。」

紫《ゆかり》さん、にやり。

「彩羽《いろは》、もしかして、ああいうのが好《この》みとか？」

「へ？　ち、ち、ち、ちがうって！　そんなんじゃなくって……。」

でも、その先《さき》がいえず。だって、背中《せなか》に視線《しせん》を感《かん》じたとか、それがきのう感《かん》じたのと同《おな》じような気《き》がしたとか、そんなあいまいなこと、いえないし。

ところが、口《くち》ごもるあたしに、紫《ゆかり》さんの笑《え》みはどんどん大《おお》きくなって。

「はずかしがること、ないじゃん。重家《しげいえ》はけっこうイケてるって、評判《ひょうばん》なんだよ。色白《いろじろ》でふっくらした顔《かお》が、ちょっと平安貴族《へいあんきぞく》っぽいだろ？　それで『光少将《ひかるしょうしょう》』ってあだ名《な》がついてるらしい。あたしの趣味《しゅみ》じゃないけど、好《す》きなタイプは人《ひと》それぞれだから。」

「いや、だから、そうじゃなくって……。」

「はいはい、そういうことにしておきましょう〜。とにかく、行《い》くぞ。重家《しげいえ》に見《み》とれて、遅刻《ちこく》したなんて、シャレにならないし〜。」

もうっ、紫《ゆかり》さん！


ところが、その十五分後《ふんご》。一年梨組《ねんなしぐみ》の教室《きょうしつ》に入《はい》ったあたしは、また視線《しせん》を感《かん》じることに。

でも、さっきとちがって、全方向《ぜんほうこう》からグサグサグサグサッって浴《あ》びる感《かん》じで。

見《み》れば、男子《だんし》も女子《じょし》も教室《きょうしつ》にいた全員《ぜんいん》が、紫《ゆかり》さんとあたしを見《み》ていて。

「どうやら、きのうのチア服《ふく》の話題《わだい》でもちきりだったみたいだな。それに、あたしたちの謹慎処分《きんしんしょぶん》がなくなったことも知《し》らないらしい。」

なるほど、みんな〝なんで来《き》たんだ？〟って顔《かお》してるね。なのに、あたしたちと目《め》が合《あ》いそうになると、さっと顔《かお》をそむけて、ひそひそ話《ばなし》。やな感《かん》じ！

「気《き》にするな。あたしたち、罰《ばつ》を受《う》けるようなことはしてないんだから。」

「う、うん。そうだよね。」

「それはそうと、ちょっとトイレ、行《い》ってくるよ。」

いったん席《せき》についたあと、また立《た》ち上《あ》がった紫《ゆかり》さんを、みんなの目《め》が追《お》う。そのすがたが教室《きょうしつ》から消《き》えると、視線《しせん》はまた一斉《いっせい》にあたしにもどる。で、また、ひそひそ話《ばなし》。

気《き》にしない、気《き》にしない。

そう心《こころ》の中《なか》でくりかえしながら、カバンから教科書《きょうかしょ》を出《だ》していると。

「あ、陽葵《ひまり》、美竹《みたけ》、もういらしてるわよ、禁色《きんじき》チアガールさんが！」

うわ、清原清菜《きよはらせいな》さんと子分《こぶん》たちの登場《とうじょう》……。

「まああ彩羽《いろは》さん、たいへんだったわねぇ。禁色《きんじき》のチア服《ふく》のことで無期限《むきげん》の出席停止《しゅっせきていし》だとうかがったときは、あんまりお気《き》の毒《どく》で、まわりにおおぜいの方《かた》がいらしたにもかかわらず、わたし、大声《おおごえ》で泣《な》き出《だ》しそうになったのよ。」

清菜《せいな》さん、まんまるの目《め》をきらきらさせながら、あたしのほうへ近《ちか》づいてくる。

「ところが同情《どうじょう》しすぎると、かえって涙《なみだ》って出《で》てこないのね。あれにはこまったわ。だって、あなたや紫《ゆかり》さんのご不幸《ふこう》を、喜《よろこ》んでいるみたいでしょう？」

席《せき》についたあたしの頭《あたま》の上《うえ》から、清菜《せいな》さんはわざとらしい言葉《ことば》をなげかけてくる。

「といって、無理《むり》に泣《な》き顔《がお》を作《つく》って悲《かな》しそうなふりをするのも、おかしいし。ああいうのって、ばつが悪《わる》いものよね。」

そうしたら、はかったように、陽葵《ひまり》さんと美竹《みたけ》さんが声《こえ》をあげて。

「さすが！　そういうだれもが経験《けいけん》することを、うまく言葉《ことば》になさるのね！」

「ほんと！　それ、今日《きょう》の作文《さくぶん》にお書《か》きになられたら、いかが？」

む、むかつく。あたしたちを利用《りよう》して〝清菜《せいな》さんはすごい〟アピールだなんて！こんなとき、紫《ゆかり》さんなら、なにかチクリといいかえすんだろうけど。あたしにはそういう才能《さいのう》ゼロなのが、くやしい……。

「でも、よかったわ。一条市長《いちじょうしちょう》が、処分《しょぶん》はまちがいだって、いってくださったそうで。」

その瞬間《しゅんかん》、教室《きょうしつ》の全員《ぜんいん》が、えっと息《いき》を飲《の》んだ。すると、みんなの注目《ちゅうもく》を一身《いっしん》に浴《あ》びた清《せい》菜《な》さん、胸《むね》をはって教室《きょうしつ》を見《み》まわすと。

「そうですのよ、みなさん。一条市長《いちじょうしちょう》はこの機会《きかい》に、禁色《きんじき》をはじめ、意味《いみ》のない古《ふる》い決《き》まりや習慣《しゅうかん》をやめるとおっしゃってるんですって。でも……。」

そこで、清菜《せいな》さん、とつぜん前《まえ》かがみになると、あたしの右耳《みぎみみ》にささやいて。

「垣間見《かいまみ》の男子《だんし》との手紙《てがみ》のやりとりは、意味《いみ》のない古《ふる》い習慣《しゅうかん》にはならないと思《おも》うわよ。」

すると、反対《はんたい》がわから、陽葵《ひまり》さんと美竹《みたけ》さんが顔《かお》を寄《よ》せてきた。

「彩羽《いろは》さんはアメリカ帰《がえ》りだから、ご存《ぞん》じないでしょうけど。」

「その昔《むかし》、恋《こい》は、男性《だんせい》が女性《じょせい》の顔《かお》をものかげから垣間見《かいまみ》することからはじま……。」

垣間見《かいまみ》？　あ、思《おも》いだした！

「それって、光源氏《ひかるげんじ》が紫《むらさき》の上《うえ》のすがたを垣間見《かいまみ》たっていう……。」

一瞬《いっしゅん》、清菜《せいな》さん、意外《いがい》そうに目《め》をぱちぱち。けれど、すぐにまたにやにやしながら。

「よくごぞんじだこと。でもそうか。あなたを垣間見《かいまみ》ているのも〝光《ひか》る君《きみ》〟ですものね。」

〝光《ひか》る君《きみ》〟？　いったいどういうこと？

清菜《せいな》さんの声《こえ》がいっそうかぼそくなった。まるで大切《たいせつ》な秘密《ひみつ》を教《おし》えるように。

「光少将《ひかるしょうしょう》よ。あなたを垣間見《かいまみ》てらっしゃるの。いまも。あ・そ・こ・か・ら。」

清菜《せいな》さんが、ゆっくりとふりかえったのは、教室《きょうしつ》のうしろの出入《でい》り口《ぐち》。

その戸《と》のかげに、こちらのようすをうかがう男子《だんし》の顔《かお》が見《み》えた。

ふっくらとした白《しろ》い顔《かお》。きゅっと上《あ》がった目《め》じりに小《ちい》さな鼻《はな》。

え？　藤原重家《ふじわらしげいえ》さん？

ところが、あたしと目《め》が合《あ》った瞬間《しゅんかん》、重家《しげいえ》さん、ぴくんと体《からだ》をふるわせたかと思《おも》うと、くるりと背《せ》をむけ、ダッシュ。あっというまにすがたは見《み》えなくなってしまい。

「それにしても、光少将《ひかるしょうしょう》と彩羽《いろは》さんがカップルとは意外《いがい》だわぁ。」

ちょ、ちょっと、清菜《せいな》さん、カップルだなんて、なにをいいだすの……。

「でも、そうよね。遠《とお》くて近《ちか》いものは男女《だんじょ》の仲《なか》っていうし。」

「とにかく、光少将《ひかるしょうしょう》からお手紙《てがみ》が来《き》たら、ちゃんとお返事《へんじ》を書《か》かなきゃだめよ。」

反対《はんたい》がわで、陽葵《ひまり》さんと美竹《みたけ》さんがくすくす笑《わら》っていると。

「みなさん、席《せき》におつきなさい。もうチャイムは鳴《な》っていますよ。」

いつ入《はい》ってきたのか、教室《きょうしつ》の前《まえ》には、担任《たんにん》の一条定子《いちじょうさだこ》先生《せんせい》が立《た》っていて。

「まあ、たいへんっ！　先生《せんせい》、気《き》がつきませんで、失礼《しつれい》いたしました！」

わざとらしい声《こえ》をあげて、清菜《せいな》さんたちは、わらわらと自分《じぶん》の席《せき》へ。

「起立《きりつ》！　礼《れい》！」「おはようございますっ。」

みんなが立《た》ち上《あ》がって、頭《あたま》をさげているところへ、紫《ゆかり》さん、腰《こし》を低《ひく》くしながら、教室《きょうしつ》へかけこんできた。と同時《どうじ》に、みんな着席《ちゃくせき》。定子《さだこ》先生《せんせい》は教室《きょうしつ》を見《み》まわして。

「今日《きょう》も、欠席《けっせき》、遅刻《ちこく》ともにないようですね。」

「やっぱ〜。あやうく遅刻《ちこく》になるところだったよ。」

うしろの席《せき》から紫《ゆかり》さんの声《こえ》がする。一方《いっぽう》、教室《きょうしつ》の前《まえ》では……。

「さて、みなさんにお知《し》らせがあります。ごぞんじのように、今年《ことし》は石清水祭《いわしみずさい》が行《おこな》われることになりましたが、その中《なか》の儀式《ぎしき》『放生会《ほうじょうえ》』で『胡蝶《こちょう》の舞《まい》』が奉納《ほうのう》されます。その四人《にん》の舞人《まいびと》を、当学園《とうがくえん》の中学《ちゅうがく》一年生女子《ねんせいじょし》から選《えら》ぶことになり……。」

けれど、あたしは、紫《ゆかり》さんの声《こえ》も定子先生《さだこせんせい》のお話《はなし》も、ぜんぜん聞《き》いていなかった。

重家《しげいえ》さんが、光少将《ひかるしょうしょう》が、あたしを『垣間見《かいまみ》てた』……。きのうから、ずっと……。

もし手紙《てがみ》が来《き》たら、返事《へんじ》を書《か》かなくちゃいけない……。

そんなことばかりが、頭《あたま》の中《なか》をぐるぐるかけめぐっていた。

「いやあ、清菜《せいな》たちの浮《う》かれようったら、なかったな。」

放課後《ほうかご》。あたしの家《いえ》にむかいながら、紫《ゆかり》さんはしゃべり続《つづ》けていた。

「あいつら、ぜったい『胡蝶《こちょう》の舞《まい》』の舞人《まいびと》をねらってるな。でも、そううまくはいかないと思《おも》うんだよ。ほかのクラスにも希望者《きぼうしゃ》はおおぜいいるはずだし。」

とりあえず、あたしはうなずいてはいたけど、意識《いしき》はずっとうしろにむけていた。

いまも、どこかから重家《しげいえ》さんがあたしを垣間見《かいまみ》ているのかも……。

もっとも、いまのところ視線《しせん》は感《かん》じず。ただ、それならそれで、こんどは〝重家《しげいえ》さんはなぜあたしなんかを？〟とか、〝話《はな》したことなんか一度《いちど》もないのに〟とか考《かんが》えてしまい。

そんなこんなで、あたしがろくに聞《き》いてないこと、紫《ゆかり》さんも気《き》づかないまま、うちのマンションに到着《とうちゃく》。で、なにげなくエントランスにならんだ郵便受《ゆうびんう》けに目《め》をむけると。

ん？　うちの郵便受《ゆうびんう》けに、赤《あか》いお花《はな》が入《はい》ってる……。

「……それにしても、舞人選《まいびとえら》びにオーディションを開《ひら》くって、ヤバいと思《おも》わないか？」

あいまいにうなずきながら郵便受《ゆうびんう》けを開《ひら》くと、出《で》てきたのは上品《じょうひん》な和紙《わし》の封筒《ふうとう》。そして、そこには金色《きんいろ》のシールで留《と》めた、赤《あか》いバラの花《はな》が一輪《りん》。

手紙《てがみ》にお花《はな》を添《そ》えるって、たしか折《お》り枝《えだ》っていうんじゃ。え？　まさか、これ……。

おそるおそる封筒《ふうとう》をうらがえすと、そこには筆《ふで》で。

〈重家《しげいえ》〉

き、来《き》たぁ～!!

「だって、いずみ、そういうの大好《だいす》きだろ？　また、なにかたくらんで……。」

「紫《ゆかり》さんっ！」

「な、なんだよ……。」

「うちに上《あ》がってって！　一平《いっぺい》ちゃん、食《た》べていいから！　そのかわり……。」

あたしは、赤《あか》いバラの折《お》り枝《えだ》のついた手紙《てがみ》を紫《ゆかり》さんにつきつけた。

「どうお返事《へんじ》したらいいか、いっしょに考《かんが》えて！」

それから三十分後《ぷんご》。

「よし、書《か》いたぞ。」

リビングのテーブルで、かわいいキャラクターの便《びん》せんにむかっていた紫《ゆかり》さんが顔《かお》を上《あ》げた。それは重家《しげいえ》さんへのお返事《へんじ》。紫《ゆかり》さんには、お返事《へんじ》の内容《ないよう》をいっしょに考《かんが》えてもらったうえに、文面《ぶんめん》まで書《か》いてもらったの。なにしろ、あたし、字《じ》が下手《へた》なもので……。

「だけど、彩羽《いろは》。ほんとにこんなことわりかたでいいのか？　そりゃあ、いったよ。その気《き》がないなら、きっぱりことわったほうがいいって。でもさ、重家《しげいえ》は『ゆっくりお話《はなし》したいです。』って書《か》いてきたわけじゃん？」

紫《ゆかり》さんが、重家《しげいえ》さんが書《か》いてきた和紙《わし》の便《びん》せんをひらひら。

「それに対《たい》して、『お話《はなし》するつもりはありません。』は、ストレートすぎやしないか？」

「じゃあ、紫《ゆかり》さんだったら、どうするの？」

すると、紫《ゆかり》さん、まっさらなキャラクター便《びん》せんを、一枚《まい》、ぴりっとはがすと、シャープペンシルで、さらさらっとなにか書《か》きつけた。

寄《よ》る波《なみ》の　心《こころ》も知《し》らで　和歌《わか》の浦《うら》に　玉藻《たまも》なびかん　ほどぞ浮《う》きたる

「これは、あたしが趣味《しゅみ》で書《か》いてる物語《ものがたり》に出《で》てくる和歌《わか》なんだ。ほら、前《まえ》に、彩羽《いろは》が物忌《ものい》みで小屋《こや》にこもったとき、ひまつぶしにどうぞって、見《み》せたのがあるだろ？」

「はいはい、ヒカルっていう、超絶《ちょうぜつ》イケメンのお話《はなし》ね。」

「うん。で、そのヒカルが、若紫《わかむらさき》っていうかわいい女《おんな》の子《こ》を垣間見《かいまみ》て、つきあってほしいって、ラブレターを出《だ》すわけ。そしたら、この和歌《わか》が返《かえ》ってくるんだ。意味《いみ》は……。」

〈和歌《わか》の浦《うら》に寄《よ》せる波《なみ》。その波《なみ》になびく玉藻《たまも》のように、相手《あいて》の気持《きも》ちをよくたしかめもせ

の浦に
浮きたる

ずに従《したが》うことは、たよりないことです。〉

説明《せつめい》を聞《き》いているうち、どきどきしてきた。だって、紫《ゆかり》さんは、タイムスリップ前《まえ》の平《へい》安時代《あんじだい》では、未来《みらい》の紫式部《むらさきしきぶ》の可能性《かのうせい》があるんだよ。となると、いまあたしは、ほんものの紫式部《むらさきしきぶ》から『源氏物語《げんじものがたり》』を語《かた》ってもらっているのかもしれないわけで。

「……こんなふうに、やんわりとことわったほうが、感《かん》じもいいし、相手《あいて》の男《おとこ》に恥《はじ》をかかせずにすむ。って、彩羽《いろは》、なにをぼうっとしてるんだよ。」

「へ？　あ、ううん、なんでもない。って、そうじゃなくって、ええっと……。」

われにかえったあたし、重家《しげいえ》さんへのお返事《へんじ》の話《はなし》をしていたことを思《おも》いだして。

「紫《ゆかり》さんのいうことはわかるけど、帰国子女《きこくしじょ》のあたしが和歌《わか》を送《おく》るのは不自然《ふしぜん》でしょ。」

「和歌《わか》を書《か》けっていってんじゃなくて、和歌《わか》の意味《いみ》みたいなやさしい言葉《ことば》で……。」

「いいの！　あたしがアメリカ帰《がえ》りなのは、むこうも知《し》ってるんだし、イエス・ノー、はっきりさせたほうが、あたしらしいでしょ。それより、お手紙《てがみ》にはこれもつけないと。」

あたしは、手元《てもと》にあった紙《かみ》を紫《ゆかり》さんにむけた。

「黒《くろ》いチューリップの絵《え》？　どういうこと？」

「折《お》り枝《えだ》のかわりよ。さっき父《とう》ちゃんのパソコンで検索《けんさく》したの。〝おつきあいはできませんみたいな意味《いみ》をもつお花《はな》はないかなって。そうしたら、黒《くろ》いチューリップには『わたしを忘《わす》れてください』って花言葉《はなことば》があるらしくって。」

でも七月《がつ》にチューリップはなし。それで絵《え》にしたってわけ。

「というわけで、紫《ゆかり》さん、重家《しげいえ》さんのお家《うち》、教《おし》えて。届《とど》けてくるから。」

ところが便《びん》せんを手《て》に立《た》ち上《あ》がった紫《ゆかり》さん、逆《ぎゃく》にあたしの手《て》から絵《え》をとり上《あ》げると。

「あたしが帰《かえ》りに届《とど》けておくよ。重家《しげいえ》の家《うち》、うちの近《ちか》くだし。」

「え？　なんで？　あたし、自分《じぶん》のことは自分《じぶん》で……。」

「彩羽《いろは》。忘《わす》れたのか？　平安時代《へいあんじだい》の人間《にんげん》は、手紙《てがみ》を自分《じぶん》で手渡《てわた》したりしないんだぞ。」

あ、そうでした。必《かなら》ずお使《つか》いに届《とど》けさせるんだよね。そして、タイムスリップしてきたこの街《まち》には、その習慣《しゅうかん》がそのままのこっているわけで。

「わかったら、彩羽《いろは》、お湯《ゆ》をわかせ〜！　一平《いっぺい》ちゃん、ゴチになるぞ！」

5 マルチバースな平安京《へいあんきょう》

二人《ふたり》で一平《いっぺい》ちゃんを食《た》べたあとは、怒濤《どとう》のおしゃべり！

重家《しげいえ》さんのお手紙《てがみ》のことなんかそっちのけ。合《ごう》コンのこと、山手線《やまのてせん》ゲームの失敗《しっぱい》のこと、『偏《へん》つぎ』とかいう平安時代《へいあんじだい》のゲームが、漢字《かんじ》のお勉強《べんきょう》になるなって思《おも》ったこと……。

「たしかに、漢字《かんじ》をおぼえるのには、いいゲームかもな。知《し》ってるか、彩羽《いろは》。『偏《へん》』とか『旁《つくり》』みたいに、漢字《かんじ》の部品《ぶひん》のこと『部首《ぶしゅ》』っていうんだけど、いろいろあるんだぜ。中《なか》には、こんなに複雑《ふくざつ》な字《じ》が部首《ぶしゅ》になるの？　みたいなやつも。」

「え？　どういうこと？」

「たとえば偏《へん》になる漢字《かんじ》って、木《き》とか人《ひと》とか言《ごん》とか、画数《かくすう》が少《すく》ない字《じ》が多《おお》いような気《き》がするだろ？　でも、画数《かくすう》が多《おお》い部首《ぶしゅ》もあるんだ。『黒《くろ》』とか『麻《あさ》』とか『鬼《おに》』とか。」

「黒《くろ》が部品《ぶひん》になる漢字《かんじ》なんて、あったっけ？」

「あるさ！　『だまる』の『黙《もく》』とか。」

ああ、なるほど。

「画数《かくすう》の多《おお》い部首同士《ぶしゅどうし》を組《く》み合《あ》わせた漢字《かんじ》もあるぞ。たとえば、『麻《あさ》』と『鬼《おに》』を組み合《あ》わせると『魔《ま》』になるとか。」

『麻《あさ》』には植物《しょくぶつ》の麻《あさ》のほかに『しびれる』って意味《いみ》がある。『麻痺《まひ》する』の『麻《ま》』。

一方《いっぽう》、『鬼《おに》』は物《もの》の怪《け》とか化《ば》け物《もの》って意味《いみ》。

「つまり、化《ば》け物《もの》に意識《いしき》をまどわされるのが『魔《ま》』だ。『魔法《まほう》』とか『魔術《まじゅつ》』とか。」

「やっぱり『鬼《おに》』がつくとこわい意味《いみ》になるんだね。」

「でも『鬼《おに》』には、不思議《ふしぎ》な力《ちから》をもつものっていう意味《いみ》もある。」

さすがは漢詩《かんし》の博士《はかせ》の娘《むすめ》。そして、男子《だんし》ならあとを継《つ》がせたかったといわれたほどの知《ち》識《しき》の持《も》ち主《ぬし》。漢字《かんじ》の話《はなし》になると、止《と》まりません。

「たとえば『たましい』という漢字《かんじ》には『魂《こん》』と『魄《はく》』の二つがあって、部首《ぶしゅ》が『鬼《おに》』だけど、意味《いみ》はこわくない。むしろ、人間《にんげん》には必《かなら》ずこの両方《りょうほう》がそろっている。」

『魂《こん》』は人《ひと》の心《こころ》を、『魄《はく》』は体《からだ》を、それぞれ支配《しはい》するものなんだって。

「だから、ぼんやりして元気《げんき》がないのは『魂《たましい》がぬけたよう』っていうけど、財産《ざいさん》や身分《みぶん》を失《うしな》って、見《み》るからにみすぼらしくなるのは『落魄《おちぶ》れる』って書《か》くんだ。まあ、ふつうは『落《お》ちぶれる』って、ひらがなにするけどさ。」

聞《き》いているうちに、ちょっと不思議《ふしぎ》な気分《きぶん》になった。だって、漢字《かんじ》のお話《はなし》を聞《き》くの、初《はじ》めてのはずなのに、どこかで聞《き》いたというか、目《め》にしたような気《き》がして……。

「ごめん。いまの話《はなし》、むずかしすぎた？　あたし、すぐ夢中《むちゅう》になっちゃうから……。」

急《きゅう》にだまりこんだあたしに、紫《ゆかり》さん、テーブルのむこうで両手《りょうて》を合《あ》わせてる。

「そんなことないよ。あたしは、これからたくさん漢字《かんじ》をおぼえなくちゃいけないから、とっても参考《さんこう》になる。」

それでも、紫《ゆかり》さんは申《もう》しわけなさそうに小《ちい》さくうなずくと、ふと窓《まど》の外《そと》に目《め》をやって。

「わっ、空《そら》が茜色《あかねいろ》になってる！　帰《かえ》らなくちゃ！」

壁《かべ》の時計《とけい》を見《み》れば、もう六時半過《じはんす》ぎ。あわてて立《た》ち上《あ》がった紫《ゆかり》さん、テーブルの上《うえ》に置《お》いてあった手紙《てがみ》をつかむと、小走《こばし》りで玄関《げんかん》にむかった。

「これ、まちがいなく、重家《しげいえ》に届《とど》けるからな。」

「うん。お願《ねが》いします。また、あしたね！」

閉《し》まったドアにカギをかけて、リビングへ。そしたら、火《ひ》が消《き》えたみたいに静《しず》かで。おしゃべりが楽《たの》しかったぶん、ひとりになると、めっちゃさびしい……。

って、それよりお夕飯《ゆうはん》、どうしよ。父《とう》ちゃん、今日《きょう》も残業《ざんぎょう》かな。あたしだけなら、冷凍《れいとう》のチャーハンをチンして……。

ガチャリ。

あれっ？　いま玄関《げんかん》が開《ひら》いた？　カギをかけたはずなのに、どういうこと？

すると、リビングに、グレーのよれよれジャンパーを着《き》たおじさんが入《はい》ってきて。

「父《とう》ちゃん！　今日《きょう》は早《はや》かったんだね！」

「ああ……。」

気《き》のない返事《へんじ》をした父《とう》ちゃんが、どすんとリビングのイスに腰《こし》をおろす。

「お夕飯《ゆうはん》、どうする？　父《とう》ちゃんがいるなら、ひさびさにカレーを作《つく》ろうか。ほら、母《かあ》ちゃんに教《おし》えてもらったレシピで……。」

ところが、父《とう》ちゃん、立《た》ち上《あ》がったあたしにむかって。

「それより、彩羽《いろは》。すわりなさい。話《はなし》がある。」

「え？」

あたし、ぽかん。だって、こんなことといわれたの、初《はじ》めてだもの。

研究《けんきゅう》ひとすじの父《とう》ちゃんは、冗談《じょうだん》や意味《いみ》のないおしゃべりはしても、まじめな話《はなし》なんてゼロ。この街《まち》にひっこすことになったときも、『日本《にほん》に行《い》くぞ。京都《きょうと》だ。』って、それだけ。

それが、こんなふうにあらたまって『話《はなし》がある』だなんて、いったい……。

「いいから、すわりなさい。」

「は、はい……。」

深刻《しんこく》そうな声《こえ》の調子《ちょうし》に、あたしの体《からだ》は勝手《かって》にイスに腰《こし》をおろしていた。

「実《じつ》は、さっき、クリサンテーム学園《がくえん》の先生《せんせい》に呼《よ》ばれたんだが……。」

あ。……そういうことか。

きのう、チア服《ふく》のことでしかられたとき、東三条校長先生《ひがしさんじょうこうちょうせんせい》がいってたっけ。

〝あなた方文芸部《がたぶんげいぶ》の五人《にん》は、問題行動《もんだいこうどう》が目《め》にあまります。〟、〝もうすぐ夏休《なつやす》みですが、その前《まえ》に保護者《ほごしゃ》の方《かた》とごいっしょに、じっくりと話《はな》し合《あ》う必要《ひつよう》がありますね。〃って。

「ごめんね、父《とう》ちゃん。話《はな》す時間《じかん》がないことをいいことに、あたし、学園《がくえん》でのこと、ぜんぜん話《はな》してなかったけど、実《じつ》はいろいろあって、それで校長先生《こうちょうせんせい》に注意《ちゅうい》を……。」

「校長《こうちょう》？　いや、父《とう》ちゃんが呼《よ》び出《だ》されたのは副校長《ふくこうちょう》だよ。」

「副校長《ふくこうちょう》って、安倍先生《あべせんせい》？」

「それに、あやまるのは父《とう》ちゃんのほうだ。安倍先生《あべせんせい》にしかられたよ。〃父《ちち》ひとり子《こ》ひとりなんですから、お嬢《じょう》さんのこと、もっと注意《ちゅうい》してあげなさい。〃って。」

安倍先生《あべせんせい》が父《とう》ちゃんを注意《ちゅうい》？　ど、どういうこと？

「彩羽《いろは》。時滑《ときすべ》りのことで、ずいぶんとおそろしい目《め》にあってきたそうじゃないか。」

あ。

「タイムスリップの話《はなし》は理解《りかい》するのがむずかしいし、知《し》る必要《ひつよう》もないだろう。父《とう》ちゃん、勝手《かって》にそう思《おも》いこんでた。けれど彩羽《いろは》は、この街《まち》がふつうじゃないことをちゃんと知《し》ってたんだな。しかも、呪《のろ》いまでかけられていたただなんて。なにも気《き》づいてやれなくて、ごめん。父《とう》ちゃんが悪《わる》かった。」

すぐには言葉《ことば》が出《で》てこなかった。だって、父《とう》ちゃんがあたしに頭《あたま》をさげるなんて……。

「とにかく、父《とう》ちゃん、これからは彩羽《いろは》のこと、ちゃんと守《まも》ってやるから。」

「う、うん。ありがと。そういってくれてうれしい。けど、それなら父《とう》ちゃん、教《おし》えて。」

あたしは、なんとか言葉《ことば》をしぼりだした。

「この街《まち》ではなにが起《お》きてるの？　時滑《ときすべ》りとか呪《のろ》いってほんとにあるの？　あたし、街《まち》をふさぐ透明《とうめい》なドームにさわったし、安倍先生《あべせんせい》が紙《かみ》きれを鳥《とり》に変身《へんしん》させるのを見《み》たけど、あれはなに？　なにかのトリック？　二十一世紀《せいき》の科学者《かがくしゃ》の父《とう》ちゃんの口《くち》から聞《き》きたいの。」

「もちろんだとも。できるだけわかりやすく話《はな》してやろう。」

父《とう》ちゃんは、ボサボサの長《なが》い髪《かみ》をかき上《あ》げた。

「まず時滑《ときすべ》りだが、この街《まち》の人々《ひとびと》が、千年以上《ねんいじょう》も前《まえ》の平安京《へいあんきょう》から移動《いどう》してきたことはまちがいない。だが、父《とう》ちゃんの予想《よそう》とはちがって、街《まち》ごと未来《みらい》へタイムスリップしてきたわけじゃないようなんだ。それよりも……。」

父《とう》ちゃんは、言葉《ことば》を探《さが》すようにまゆげを寄《よ》せた。

「一種《いっしゅ》のマルチバースというやつかもしれん。」

「……あのう、いきなり話《はなし》がむずかしくなってない？」

「ああ、そうだな。じゃあ、こうしよう。彩羽《いろは》、英語《えいご》で『宇宙《うちゅう》』はなんていう？」

逆《ぎゃく》に質問《しつもん》？　まあ、いいけど。『Universe《ユニバース》』でしょ。

「そう。そしてそのUni《ユニ》は『一』を表《あらわ》している。つまり『Universe《ユニバース》』とは『一つの宇《う》宙《ちゅう》』という意味《いみ》だ。それに対《たい》してMulti《マルチ》は『たくさん』という意味《いみ》。だからMultiverse《マルチバース》は『たくさんの宇宙《うちゅう》』ということだ。」

「宇宙《うちゅう》がたくさんある？　なにそれ？」

父《とう》ちゃんの話《はなし》では、あたしたちが住《す》むこの宇宙《うちゅう》は無限《むげん》に広《ひろ》いけれど、実《じつ》は一つの泡《あわ》みたいなもので、ほかにも、同《おな》じような宇宙《うちゅう》がいくつもあるっていう理論《りろん》だそうで。

そして、〝同《おな》じような〟っていうのは、中身《なかみ》もそっくりっていうことらしく。つまり、それぞれの宇宙《うちゅう》に、この地球《ちきゅう》とそっくり同《おな》じ星《ほし》があって、そこにはもうひとりの父《とう》ちゃんやあたしが存在《そんざい》するってこと……。

「ということで、ここからは父《とう》ちゃんの想像《そうぞう》だ。いいか？」

父《とう》ちゃんが、ぐいっと背《せ》すじをのばした。

一　それぞれの宇宙《うちゅう》には、それぞれの地球《ちきゅう》、それぞれの平安京《へいあんきょう》がある。
二　ただし、それぞれの宇宙《うちゅう》で、時間《じかん》の進《すす》みかたはちがっている。
三　たとえば、千年以上前《ねんいじょうまえ》の平安京《へいあんきょう》がある宇宙A《うちゅうエー》と、近未来《きんみらい》の平安京《へいあんきょう》があるB《ビー》のように。
「そこで、だ。もし、宇宙A《うちゅうエー》と宇宙B《うちゅうビー》が、なにかの力でつながり、千年以上前《ねんいじょうまえ》の平安京《へいあんきょう》の人々《ひとびと》が、近未来《きんみらい》の平安京《へいあんきょう》に吸《す》い出《だ》されたとしたら？　体《からだ》ごとじゃなくても、人々《ひとびと》の魂《たましい》、あるいは意識《いしき》が吸《す》い出《だ》されて、それが近未来《きんみらい》の人々《ひとびと》に入《はい》りこんだとしたら？　それなら、平安時代《へいあんじだい》の記憶《きおく》や習慣《しゅうかん》が残《のこ》りつつも、近未来《きんみらい》の街《まち》になじんでいる説明《せつめい》がつく。」

ああああ……。とほうもない話《はなし》すぎて、頭《あたま》がおかしくなりそう。だけど……。

もし、その〝なにかの力《ちから》〟っていうのが、時滑《ときすべ》りのことなら、なんだか納得《なっとく》してしまうところもある。だって、時滑《ときすべ》りが起《お》きたときのこと、道長先輩《みちながせんぱい》はこういってたもの。

『時滑《ときすべ》りがはじまると、目《め》の前《まえ》がぐるぐるしはじめた。それから、世界《せかい》が渦《うず》にまきこまれるような感《かん》じがして、うわぁっと思《おも》った次《つぎ》の瞬間《しゅんかん》、こうなってたんだ。』

たしかに、父《とう》ちゃんのいう〝吸《す》い出《だ》された〟っていう表現《ひょうげん》によく似《に》てる……。

「あ、でも、ちょっと待《ま》って。紫《ゆかり》さんたちが、千年前《ねんまえ》から近未来《きんみらい》の平安京《へいあんきょう》に吸《す》い出《だ》されたというなら、父《とう》ちゃんとあたしはどうなの？」

いまさらだけど、考《かんが》えてみれば、この街《まち》、あたしがテレビやネットで見《み》た、日本《にほん》の京都《きょうと》の街並《まちな》みとはぜんぜんちがうんだよ。

「つまり、父《とう》ちゃんとあたしも、いまの京都じゃなくて、近未来の平安京に吸《す》い出《だ》されたってことにならない？」

そうしたら、父《とう》ちゃん、この話《はなし》をはじめる前《まえ》と同《おな》じくらい、いや、それ以上《いじょう》に、がっくりと肩《かた》を落《お》として。

「さすがは彩羽《いろは》。よく気《き》がついたな。そうなんだ。彩羽《いろは》と父《とう》ちゃんがここにいるのは、父《とう》ちゃんがよけいな実験《じっけん》をしたせいなんだ。」

実験《じっけん》？

「今年《ことし》の三月《がつ》、まだニューヨークにいるときだ。父《とう》ちゃん、家《いえ》でマルチバースの実験《じっけん》をしていたんだ。そうしたら、とつぜん目《め》の前《まえ》がぐるぐるしはじめて……。」

「ええっ！　それじゃあ、あたしたちも時滑《ときすべ》りみたいな現象《げんしょう》で、別《べつ》の宇宙《うちゅう》のニューヨークに吸《す》い出《だ》されてたってこと……。」

「そのときは、ただの目《め》まいだと思《おも》ったんだ。が、二日後《ふつかご》、ウィステリア財団《ざいだん》の藤原兼家《ふじわらかねいえ》会長《かいちょう》から、タイムトラベルの研究《けんきゅう》の誘《さそ》いが来《き》た。つまり、そのときにはもう、父《とう》ちゃんと彩羽《いろは》は、この宇宙《うちゅう》に吸《す》いこまれていたことになる。」

そ、そうか。そういうことだったんだ。

「というわけで、父《とう》ちゃんはいま、宇宙《うちゅう》と宇宙《うちゅう》をつなぐ穴《あな》はまだあるのか、あるならそれはどこなのか、それを探《さぐ》っているんだよ。」

それがわかれば、みんなをもとの平安時代《へいあんじだい》に、そしてあたしたちも現代《げんだい》にもどせるかもしれないんだって。

「さっきもいったが、だまっていたのは、こんな話《はなし》はむずかしいし、生活《せいかつ》に支障《ししょう》はなさそうだったからだ。でも、父《とう》ちゃんのせいでおそろしい目《め》にあっていたなんて……。」

「ううん。それはいいの。たしかに説明《せつめい》されても理解《りかい》なんてできなかったと思《おも》うし、それに、あたし、この街《まち》に来《き》て、よかったと思《おも》ってるもの。」

「彩羽《いろは》……。」

「ほんとだよ。母《かあ》ちゃんが亡《な》くなって、そのうえ知《し》らない国《くに》にひっこしだなんて、心細《こころぼそ》かった。それが紫《ゆかり》さんみたいな親友《しんゆう》に出会《であ》えたんだもの。むしろ、ラッキーだったかも。」

それに、あたしも紫《ゆかり》さんみたいに時滑《ときすべ》りをしていたんだと思《おも》ったら、なんだかよけいに〝仲間《なかま》〟みたいな感《かん》じがしてきたしね。

「それより、父《とう》ちゃん。この街《まち》をおおっている目《め》に見《み》えないドームはなんなの？　それも、マルチバースとかいうのに関係《かんけい》あるわけ？」

「それは関係《かんけい》ないな。そもそも物理現象《ぶつりげんしょう》ですらない。呪《のろ》いと同《おな》じ、心《こころ》の問題《もんだい》だ。」

心《こころ》？　でもドームにさわったし、頭《あたま》もぶつけたんだよ。それこそ物理的《ぶつりてき》な問題《もんだい》でしょ。

「人間《にんげん》というものは、心《こころ》をしばられると、ありもしないことでも、あると信《しん》じたり、実際《じっさい》に感《かん》じたりするものなんだよ。」

心《こころ》をしばられる？

「たとえば、平安時代《へいあんじだい》、人《ひと》を呪《のろ》うことは殺人《さつじん》と同《おな》じぐらいの重罪《じゅうざい》だった。それは、当時《とうじ》の人《ひと》は〝自分《じぶん》は呪《のろ》われている〟と知《し》ったとたん、もうだめかもしれないと心《こころ》の病《やまい》にかかったり、ついには、ほんとうに死《し》ぬことさえあったからだ。」

そうなんだ……。

「昔《むかし》の人《ひと》だけじゃないぞ。現代《げんだい》の人間《にんげん》だって、病気《びょうき》のとき〝この薬《くすり》で治《なお》るでしょう。〟といって、ただの水《みず》を注射《ちゅうしゃ》すると、治《なお》った気《き》になったり、ほんとうに症状《しょうじょう》が軽《かる》くなる人《ひと》さえいる。『プラシーボ効果《こうか》』って名前《なまえ》もついた実際《じっさい》に起《お》きる現象《げんしょう》だ。」

「それじゃあ、父《とう》ちゃん。あの透明《とうめい》なドームも、ほんとうはないってこと？」

「ああ、あんなものを造《つく》るのは科学的《かがくてき》に不可能《ふかのう》だからな。」

「あんなものって、父《とう》ちゃんも〝さわった〟の？」

「うん。父《とう》ちゃんも、知《し》らないうちに心《こころ》をしばられたらしい。それも一種《いっしゅ》の呪《のろ》いだろう。街《まち》の外《そと》に出《で》られないと信《しん》じこまされた結果《けっか》、体《からだ》がそれ以上前《いじょうまえ》に進《すす》まなくなったのさ。」

〝なったのさ。〟って、そうやって冷静《れいせい》に判断《はんだん》できる科学者《かがくしゃ》でも、外《そと》に出《で》られなくなるなんて、こわすぎるよ……。

「それにしても、いったい、いつ、どこで、どうやって心《こころ》をしばられたんだろうな。まあ、街《まち》の全員《ぜんいん》に呪《のろ》いをかけるほどの者《もの》だから、方法《ほうほう》も自分《じぶん》のすがたも見《み》つからないように隠《かく》しているんだろう。人《ひと》の目《め》から真実《しんじつ》を隠《かく》す力《ちから》も、呪《のろ》いにはあるのかもしれんなぁ。」

人《ひと》の目《め》から真実《しんじつ》を隠《かく》す？　それ、どこかで聞《き》いたような……。

「でも、いくら目《め》に見《み》えないからって、まどわされてはいけないんだ。父《とう》ちゃんの大好《だいす》きな詩《し》にこんな一節《いっせつ》があるんだけど……。」

『昼《ひる》のお星《ほし》は眼《め》にみえぬ。見《み》えぬけれどもあるんだよ、見《み》えぬものでもあるんだよ。（※）』

「わかるか、彩羽《いろは》。大切《たいせつ》なのは、見《み》えないものをしっかり考《かんが》えて見《み》ぬくこと……。」

ピンポーン。

玄関《げんかん》のチャイムが鳴《な》った。壁《かべ》の時計《とけい》を見上《みあ》げると、もう八時近《じちか》く。

いったい、だれだろ？　こんな時間《じかん》に家《いえ》に来《く》る人《ひと》なんて、いないはずだけど。

「彩羽《いろは》はここにいなさい。父《とう》ちゃんが出《で》るから。」

立《た》ち上《あ》がった父《とう》ちゃんも不審《ふしん》に思《おも》ったのか、顔《かお》をこわばらせてる。そして、ひとりで玄《げん》関《かん》にむかうと、ドアを開《あ》けずに声《こえ》をはり上《あ》げて。

「どちらさまですか。」

「夜分《やぶん》に失礼《しつれい》します。わたし、藤原為時《ふじわらためとき》といいまして、娘《むすめ》の紫《ゆかり》がいつもお嬢《じょう》さんに……。」

名前《なまえ》が聞《き》こえたところでもう、あたしは玄関《げんかん》にかけつけてドアを開《ひら》いていた。立《た》っていたのは、まぎれもなく紫《ゆかり》さんのお父《とう》さん。でも、うしろに、もうひとりいた。

（※『星《ほし》とたんぽぽ』詩《し》／金子《かねこ》みすゞより）

一八〇センチはあるひきしまった体《からだ》。色白《いろじろ》の細《ほそ》い顔《かお》。胸《むね》には☆のペンダント。
友平《ともひら》さんだとわかった瞬間《しゅんかん》、胃《い》がきゅっと縮《ちぢ》んだ。
なにかあったんだ……。紫《ゆかり》さんの身《み》になにかが……。

6 彩羽《いろは》の鬼退治《おにたいじ》!?

「六時半過《じはんす》ぎには、ここを出《で》たんですか！」

為時《ためとき》さんと友平《ともひら》さんは、顔《かお》を見合《みあ》わせた。

でも、おどろいたのはあたしも同《おな》じ。なぜって、夜《よる》の八時過《じす》ぎだというのに、紫《ゆかり》さんが家《いえ》に帰《かえ》ってないっていうんだもの。たまたま紫《ゆかり》さんの家《いえ》に寄《よ》った友平《ともひら》さんが、あたしの家《いえ》にいるんじゃないかといったことで、うちをたずねてきたそうで。

「あ、でも、まっすぐに帰《かえ》ったわけじゃありません。紫《ゆかり》さんは、藤原重家《ふじわらしげいえ》さんのお家《うち》へ寄《よ》ったはずです。あたしのかわりに手紙《てがみ》を届《とど》けに行《い》ってくれたんです。」

「彩羽《いろは》くんのかわりに手紙《てがみ》を？　で、その藤原重家《ふじわらしげいえ》というのは紫《ゆかり》の友人《ゆうじん》なのですか？」

すると、あたしが答《こた》えるより早《はや》く、友平《ともひら》さんが。

「重家《しげいえ》くんというのは、たしか、藤原顕光《ふじわらあきみつ》さんの息子《むすこ》じゃなかったでしょうか？」

「あ、そうです！　紫《ゆかり》さんがいってました。藤原兼家《ふじわらかねいえ》さんと犬猿《けんえん》の仲《なか》だって。」

「顕光《あきみつ》？　仕事《しごと》はできないくせに、金《かね》と地位《ちい》だけはほしがる、あの顕光《あきみつ》か？」

為時《ためとき》さん、目《め》をまるくしてる。でも、友平《ともひら》さんは為時《ためとき》さんをうながすように。

「とにかく顕光邸《あきみつてい》へ行《い》ってみましょう。なにかわかるかもしれません。」

「おお、そうだな！」

「あたしも行《い》きますっ。」

為時《ためとき》さんと友平《ともひら》さんにむかって、あたしは叫《さけ》んだ。

「紫《ゆかり》さんの居所《いどころ》がわからないのは、あたしの手紙《てがみ》を預《あず》かったことが原因《げんいん》かもしれないんですから。いいよね、父《とう》ちゃん？」

「ん？　ああ、そうだな……。」

すぐさま、あたしは、玄関《げんかん》を開《あ》けようとした友平《ともひら》さんをふりかえり。

「ちょっとだけ待《ま》ってください。もっていきたいものがあるので！」

夜《よる》のみやこ研究学園都市《けんきゅうがくえんとし》は静《しず》まりかえっていた。まだ九時前《じまえ》だというのに人通《ひとどお》りゼロ。

街灯《がいとう》が冷《つめ》たい光《ひかり》を落《お》とすばかりの歩道《ほどう》を、友平《ともひら》さんと為時《ためとき》さんは急《いそ》いで行《い》く。

「顕光邸《あきみつてい》は二条《にじょう》ストリートの堀河院《ほりかわいん》。ここからは五百メートルほどのところです。」

小走《こばし》りで二人《ふたり》のあとを追《お》うあたしを、友平《ともひら》さんがふりかえった。

「ものすごく大《おお》きなお屋敷《やしき》で、びっくりしますよ。」

「家柄《いえがら》だけなら、ウィステリア財団《ざいだん》の会長《かいちょう》になっていてもおかしくないからな。」

為時《ためとき》さんが、前《まえ》をむいたまま語《かた》りだした。

「顕光《あきみつ》の父親《ちちおや》は、財団《ざいだん》の前《まえ》の会長《かいちょう》でね。その長男《ちょうなん》の顕光《あきみつ》は、会長《かいちょう》は自分《じぶん》が継《つ》ぐものと思《おも》っていた。が、父親《ちちおや》の弟《おとうと》、つまり顕光《あきみつ》にとってはおじさんの兼家《かねいえ》にその座《ざ》を奪《うば》われた。」

ああ、だから、兼家《かねいえ》さんとは犬猿《けんえん》の仲《なか》なんだね。

「でも、顕光《あきみつ》はなにをやらせてもだめなやつでね。本人《ほんにん》はいまでも会長《かいちょう》になりたくてしょうがないらしいが、まわりからの信用《しんよう》もないし、無理《むり》だろうな。しかし……。」

為時《ためとき》さんが、あたしをふりかえった。

「そんなやつの息子《むすこ》と、どうして知《し》り合《あ》いに？」

「あ、いいえ、知《し》り合《あ》いってわけじゃないんです。実《じつ》はそのう……。」

しょうがない、もってきたあれを見《み》せるしかないか。赤《あか》いバラの折《お》り枝《えだ》つきの手紙《てがみ》を見《み》れば、どういうことか、すぐにわかってもらえ……。

ところが、手紙《てがみ》をちょうど出《だ》したところで、友平《ともひら》さんが足《あし》を止《と》めて。

「あ、ここですよ。」

で、でかっ！　これ、門《もん》だよね？　うちのマンションぐらいあるんだけど。

前《まえ》に、庚申待《こうしんま》ちのお泊《と》まり会《かい》で、兼家《かねいえ》さんのお屋敷《やしき》に行《い》ったことがあるけど、あそこといい勝負《しょうぶ》。いや、もしかしたら、もっと大《おお》きいかも。

それにしてもこれだけ大《おお》きいと、どこが入《い》り口《ぐち》なのか、かえってわからない……。

「ごめんください。わたくし、友平真一《ともひらしんいち》という者《もの》ですが……。」

友平《ともひら》さん、門《もん》のはじっこのほうで、インターホンに話《はな》しかけてる。そのそばには、巨大《きょだい》な木《き》のとびらの中《なか》に作《つく》られた、小《ちい》さなとびらがあった。〝小《ちい》さな〟っていっても、大人《おとな》が

二、三人《にん》、横《よこ》にひろがったまま出入《でい》りできそうな大《おお》きさだけど。
で、しばらくすると、そのとびらが開《ひら》いた。現《あらわ》れたのは、ぴしっと黒《くろ》スーツで決《き》めた男《おとこ》の人《ひと》なんだけど、友平《ともひら》さんに気《き》づくと、冷《つめ》たい目《め》でぎろり。

「どのようなご用件《ようけん》で？」

感《かん》じ悪《わる》っ。でも、友平《ともひら》さんはあくまで上品《じょうひん》に。

「実《じつ》は、今日《きょう》の夕方《ゆうがた》、こちらに藤原紫《ふじわらゆかり》という女子生徒《じょしせいと》がおうかがいしたのではないか、それをお聞《き》きしたくて参《まい》ったのですが。」

「いえ、そのような方《かた》はいらしてません。」

ちょっと！　調《しら》べもしないで、どうしてそんなことがいえるわけ？

つめよろうとするあたしを、友平《ともひら》さん、さりげなく押《お》しとどめて。

「おそれいりますが、ほかの方《かた》にも確認《かくにん》してもらえませんか。藤原紫《ふじわらゆかり》は、こちらにうかがうといって出《で》かけたまま、まだ家《いえ》にもどらないものですから……。」

「ですから、そのような方《かた》は……。」

んもうっ！　完全《かんぜん》に頭《あたま》に来《き》た！

「重家《しげいえ》さんに聞《き》いてみてください！」

あたしは友平《ともひら》さんを押《お》しのけると、黒《くろ》スーツに家《いえ》からもってきたものをつきつけた。

「これ、藤原重家《ふじわらしげいえ》さんから、あたし宛《あて》に送《おく》られてきた手紙《てがみ》です！　ほら、うらに〈重《しげ》家《いえ》〉って書《か》いてあるでしょ？　紫《ゆかり》さんはその返事《へんじ》を届《とど》けにここに来《き》たはずなんです！」

「そういわれましても、いらしてないものは、いらしてないとしか……。」

「あなたが知《し》らないだけで、重家《しげいえ》さんが直接受《ちょくせつう》けとったかもしれないでしょ！　重家《しげいえ》さんに確認《かくにん》するぐらいしてくれたって、いいじゃないですかっ。」

つめよるあたしの横《よこ》に、友平《ともひら》さん、すっと肩《かた》をならべて、にこり。

「念《ねん》のためにお願《ねが》いします。どうか。」

顔《かお》は笑《わら》ってても、目《め》つきはするどい。その迫力《はくりょく》に、さすがの黒《くろ》スーツも息《いき》をのんで。

「……少々《しょうしょう》お待《ま》ちを。」

ロボットみたいにまわれ右《みぎ》。とびらのむこうへ消《き》えていった。

「なんと失礼《しつれい》なヤツなんだ！」

いらだたしそうな声《こえ》をあげる為時《ためとき》さんに、友平《ともひら》さんもうなずいた。

「あの調子《ちょうし》では、重家《しげいえ》くんが彩羽《いろは》さんに手紙《てがみ》を出《だ》したことさえ否定《ひてい》しそうですね。しかし、なぜ、あんなにかたくななのでしょう。まるで隠《かく》したいことでもあるような……。」

隠《かく》したい？　そ、それじゃあ、紫《ゆかり》さんがこの中《なか》にいるのかもしれないってこと!?

気《き》づいたときは、とびらにダッシュしてた。とびらにカギはかかっていなくて。

「おいおい、彩羽《いろは》くん。いくらなんでも勝手《かって》に入《はい》るのは……。」

為時《ためとき》さんの声《こえ》が追《お》いかけてきたときには、あたしの体《からだ》はとびらのむこうに。

ところが、そこで、あたしの足《あし》はぴたっと止《と》まってしまい。

だって、目《め》の前《まえ》に信《しん》じられない光景《こうけい》がひろがっていたからで。

巨大《きょだい》な池《いけ》。そのまんなかで水《みず》を噴《ふ》き上《あ》げる白鳥《はくちょう》のオブジェ。池《いけ》をかこむたくさんの植木《うえき》は、どれも、三角帽子《さんかくぼうし》や○や□、うずまきなど、さまざまな形《かたち》に刈《か》りこまれている。

そして、それらのすべてがライトアップされていて！

なにこれ？　前《まえ》にテレビでベルサイユ宮殿《きゅうでん》の庭園《ていえん》を見《み》たけど、あれにそっくり！

おそるべし、藤原一族《ふじわらいちぞく》！　どんだけ金持《かねも》ちなの！

……って、ちょっと待《ま》って。なに、あのお花《はな》？

あたしが目《め》を留《と》めたのは、植木《うえき》の前《まえ》の花壇《かだん》。そこに色《いろ》とりどりのお花《はな》が咲《さ》いているんだけど、その中《なか》に気《き》になるバラがあったの。赤《あか》くて、お花《はな》の中心《ちゅうしん》が白《しろ》いバラ。

いま、あたしがもっている手紙《てがみ》についているこのバラと同《おな》じ……。

ってことは、重家《しげいえ》さんは、このバラを折《お》り枝《えだ》にしたってことじゃない？

やった！ これこそ、動《うご》かぬ証拠《しょうこ》！ もし、手紙《てがみ》のことなんか知《し》らないって、いいはったら、折《お》り枝《えだ》のバラと、あの花壇《かだん》の、えーっとなんていう名前《なまえ》だ？ ……へ？

あたしは花壇《かだん》にさしてあったネームプレートを二度《にど》見《み》。

〈いろは　フロリバンダ　魔《ま》〉

う、うそ！ このバラ、あたしと同《おな》じ名前《なまえ》！ しかも最後《さいご》の字《じ》が……。

「友平《ともひら》さん！ ちょっと！」

あたしのあわてた声《こえ》に、友平《ともひら》さん、為時《ためとき》さんはころがるように中《なか》へ入《はい》ってきた。

「どうしたんだね？」

「こ、これ、見《み》てください！」

あたしは花壇《かだん》からひきぬいたネームプレートを二人《ふたり》に見《み》せた。

「〈いろは〉？　きみと同《おな》じ名前《なまえ》のバラじゃないか。」

「はい。でも為時《ためとき》さん、いちばん下《した》に〈魔《ま》〉って書《か》いてあるでしょう？」

あたしはそこで友平《ともひら》さんをふりかえった。

「この書《か》きかた、きのう、あの古《ふる》いビルで見《み》たバラについていたのと同《おな》じですよね。ということは、ここのバラもかくれ陰陽師《おんみょうじ》が育《そだ》てていたものなのではありませんか？」

あのとき、友平《ともひら》さんは、漢字《かんじ》の意味《いみ》がわからないっていってたけど、ここに、あたしの名前《なまえ》と同《おな》じバラがあって、そこに〈魔《ま》〉の字《じ》があるとすれば……。

「いままで、あたしに起《お》きたさまざまな怪異《かいい》は、このバラを使《つか》った呪《のろ》いだったんじゃないでしょうか！」

友平《ともひら》さんは、すぐにはなにもいわなかった。ただ、じっとネームプレートを見《み》つめるばかり。でも、やがて小《ちい》さくうなずくと、あたしに目《め》をむけて。

「たしかにこれは、あのビルのバラについていたネームプレートと同《おな》じ書《か》きかたです。そして〈魔《ま》〉の字《じ》には〈まどわす〉という意味《いみ》もあります。ただ、彩羽《いろは》さん。よく見《み》てください。この字《じ》は〈魔《ま》〉ではありません。〈麻《あさ》〉です。」

え？

いわれて、まじまじとネームプレートを見直《みなお》すと。

〈いろは　フロリバンダ　麻《あさ》〉

ほ、ほんとだ。だけど、あたし、どうして〈魔《ま》〉だと思《おも》ったんだろ。

「しかし、友平《ともひら》くん。〈麻《あさ》〉だろうが〈魔《ま》〉だろうが、ネームプレートの書《か》きかたが、かくれ陰陽師《おんみょうじ》のものと同《おな》じという事実《じじつ》は見過《みす》ごせんぞ！」

「もちろんです。さっきの男《おとこ》の態度《たいど》といい、この屋敷《やしき》はどう考《かんが》えても怪《あや》しいですね。」

「よしっ、それじゃあ、顕光《あきみつ》の屋敷《やしき》を家《や》さがしだ！」

「待《ま》ってください。二人《ふたり》でさがすにはここは広《ひろ》すぎます。それに、もしかくれ陰陽師《おんみょうじ》と藤《ふじ》原顕光《わらあきみつ》がつながっているとしたら、わたしたちにも、呪《のろ》いをかけたり、なにか危害《きがい》を加《くわ》えてくるかもしれません。ここはやはり警察《けいさつ》に……。」

「バラのネームプレートがあやしいぐらいで警察《けいさつ》が動《うご》くと思《おも》うかね？　顕光《あきみつ》は藤原一族《ふじわらいちぞく》の有力者《ゆうりょくしゃ》、警察《けいさつ》に圧力《あつりょく》をかけるかもしれんし。だったら、いますぐ動《うご》いたほうが……。」

友平《ともひら》さんと為時《ためとき》さんが話《はな》しあうあいだも、あたしは考《かんが》えていた。

どうして、あたしは〈麻《あさ》〉を〈魔《ま》〉の字《じ》だと思《おも》ったんだろ？

いままで怪異《かいい》が続《つづ》いてきたから？　それで、漢字《かんじ》まで怪《あや》しい字《じ》を連想《れんそう》した？

ちがう。あたし、どこかで聞《き》いたか、見《み》たかしたんだよ。それは、ええっと……。

『画数《かくすう》の多《おお》い部首同士《ぶしゅどうし》を組《く》み合《あ》わせた漢字《かんじ》もあるぞ。』

頭《あたま》の中《なか》で紫《ゆかり》さんの声《こえ》がした。

『たとえば、「麻《あさ》」と「鬼《おに》」を組《く》み合《あ》わせると「魔《ま》」になるとか。』

きのうのおしゃべりのときだ！　合《ごう》コンでやった偏《へん》つぎの話《はなし》になったときだよ！

で、ほかにも鬼《おに》が部首《ぶしゅ》の漢字《かんじ》があるって話《はなし》をしてもらったっけ。で、そのときも、いまと同《おな》じような感《かん》じがしたんだよ。こういう話《はなし》を聞《き》くの、初《はじ》めてじゃないみたいな。

いったい、どんな漢字《かんじ》だっけ？〈魂《たましい》〉？　ううん、ちがう。そうじゃなくて……。

ああああ！　思《おも》いだした！

「いいえ、これはやっぱり〈魔《ま》〉です。」

とつぜん声《こえ》をあげたあたしを、友平《ともひら》さんと為時《ためとき》さんが、びっくりしたようにあたしをふりかえった。

「紫《ゆかり》さんに教《おし》えてもらったんです。平安時代《へいあんじだい》の偏《へん》つぎっていうゲームが話題《わだい》になって、その流《なが》れで〈鬼《おに》〉っていう部首《ぶしゅ》の話《はなし》になりました。〈麻《あさ》〉と〈鬼《おに》〉で〈魔《ま》〉。〈云《うん》〉と〈鬼《おに》〉で〈魂《こん》〉。それから〈白《しろ》〉と〈鬼《おに》〉で〈魄《はく》〉。友平《ともひら》さん、なにか気《き》づきませんか？」

「え？　気《き》づくって？」

友平《ともひら》さん、一瞬《いっしゅん》、夜空《よぞら》をあおいだあと、はっとしたように、あたしに目《め》をもどして。

「〈玉蔓《たまかずら》　クライミングポリアンサ　白《しろ》〉！　〈白《しろ》〉に〈鬼《おに》〉をつければ〈魄《はく》〉になる！」

「そうなんです！　それであのビルにあった、ほかのネームプレートのことも思《おも》いだしてほしいんです。そこに書《か》かれた漢字《かんじ》に〈鬼《おに》〉をつけたら、どんな漢字《かんじ》ができるんですか？」

友平《ともひら》さんは、記憶《きおく》をたどるようにまた夜空《よぞら》に顔《かお》をむけた。

「〈薫乃《かおるの》　フロリバンダ　离〉。〈离〉に〈鬼《おに》〉をつけると〈魑《すだま》〉。〈若紫《わかむらさき》　フロリバンダ　未〉。〈鬼《おに》〉をつければ〈魅《み》〉……。」

そして、〈衣通姫《そとおりひめ》　ハイブリッドティー　罔〉は〈魍《ぼう》〉に、〈夕霧《ゆうぎり》　ハイブリッドティー　兩〉は〈魎《りょう》〉になる。

「〈魑《すだま》〉、〈魅《み》〉、〈魍《ぼう》〉、〈魎《りょう》〉。魑魅魍魎《ちみもうりょう》……。」

噴水《ふんすい》をライトアップする照明《しょうめい》の中《なか》で、友平《ともひら》さんの顔《かお》が、紙《かみ》のように白《しろ》くなったのがわかった。そりゃそうだよ。『魑魅魍魎《ちみもうりょう》』は、妖怪《ようかい》や化《ば》け物《もの》って意味《いみ》だもの。

そんな友平《ともひら》さんに、あたしは静《しず》かにうなずいた。

「やっぱりあたしの思《おも》ったとおりでした。友平《ともひら》さん、あの古《ふる》いビルのバラにはやっぱり呪《のろ》いの力《ちから》があったんですよ。ただし、その力《ちから》を発揮《はっき》するには、カギが必要《ひつよう》だった。それが〈鬼《おに》〉です。」

為時《ためとき》さんも友平《ともひら》さんも、ぽかーん。そんな二人《ふたり》に、あたしは語《かた》りつづけた。

「〈鬼《おに》〉っていう言葉《ことば》は、人《ひと》の目《め》から隠《かく》れていることを意味《いみ》する『隠（おん）／（おぬ）』から生《う》まれたそうですね。」

「彩羽《いろは》さん、よくごぞんじですね。それも紫《ゆかり》さんに教《おし》えてもらったのですか？」

あたしは答《こた》えなかった。だって、合《ごう》コンで聞《き》いたなんて、いえないもの。

「で、気《き》づいたんです。ネームプレートに〈麻《あさ》〉とか〈白《しろ》〉などの漢字《かんじ》を書《か》いておいたのは、呪《のろ》いの力《ちから》を隠《かく》すためだったんじゃないかって。」

「しかし、そこに〈鬼《おに》〉を部首《ぶしゅ》として合《あ》わせると、できた漢字《かんじ》の意味《いみ》の呪《のろ》いが発動《はつどう》する、そういうことですか……。」

ひとりごとのようにつぶやく友平《ともひら》さんに、あたしはうなずいた。

「そうです。だから、紫《ゆかり》さんはこのお屋敷《やしき》にはいないと思《おも》います。」

だって、ここにあるのは、あたしの名前《なまえ》のバラと〈麻《あさ》〉の漢字《かんじ》。〈鬼《おに》〉と合《あ》わせても、それで発動《はつどう》する〈魔《ま》〉の力《ちから》は、あたしにしかかからないはず。

「紫《ゆかり》さんの行方《ゆくえ》がわからないのが呪《のろ》いのせいなら、呪《のろ》いをかけられた場所《ばしょ》は、〈若紫《わかむらさき》〉のバラがあった、あの古《ふる》いビルしか考《かんが》えられません。」

そうしたら、友平《ともひら》さんの顔《かお》にみるみる血《ち》の気《け》がよみがえっていった。

「ええ、まちがいないでしょう！　それどころか、もしかしたら、きのう、わたしたちがあの古《ふる》いビルに踏《ふ》みこんだときにも、実《じつ》はかくれ陰陽師《おんみょうじ》はいたのかもしれません！」

なんですって⁉

「魑魅魍魎《ちみもうりょう》には、妖怪《ようかい》という意味《いみ》のほかに、すがたは現《あらわ》さないが悪《わる》だくみのために暗躍《あんやく》する者《もの》という意味《いみ》もあるんです。だから、わたしたちにはすがたが見《み》えなかった！　神通力《じんつうりき》がある鬼一丸《きいちまる》にさえも!」

鬼一丸《きいちまる》って、安倍先生《あべせんせい》が連《つ》れていた白《しろ》の柴犬《しばいぬ》だよね。あのとき、ワンちゃんは友平《ともひら》さんの足《あし》もとでしっぽをふってたっけ。埋《う》められた呪物《じゅぶつ》をかぎわけられる力《ちから》のあるワンちゃんさえだませるとは、かくれ陰陽師《おんみょうじ》って、どんだけおそろしい力《ちから》をもってるの……。

「ううっ、そういうことなら、いますぐ、その古《ふる》いビルへ行《い》こうじゃないか!」

顔《かお》をひきつらせる為時《ためとき》さんに、友平《ともひら》さんも大《おお》きくうなずいた。

「ええ! 急《いそ》ぎましょう!」

でも、走《はし》りだそうとしたところで、友平《ともひら》さんは、ふと、あたしをふりかえって。

「彩羽《いろは》さんは家《いえ》で待《ま》っていてください。心配《しんぱい》でしょうが、ここは大人《おとな》にまかせて!」

「はい、おまかせします。でも家《いえ》には帰《かえ》りません。あたしはお願《ねが》いに行《い》ってきます!」

「お願《ねが》い? いったい、なんのお願《ねが》いです?」

「鬼退治《おにたいじ》です! あたし、鬼退治《おにたいじ》の名人《めいじん》を知《し》ってるんです!」

顕光《あきみつ》さんのお屋敷《やしき》を出《で》たあと、あたしがむかったのは道長先輩《みちながせんぱい》のお屋敷《やしき》だった。

その距離《きょり》、およそ三百メートル。ずっと走り通《はしどお》しだったけれど、紫《ゆかり》さんのことを考《かんが》えたら、苦《くる》しいなんていってられなかった。

ただ心配《しんぱい》だったのは、こんなに息《いき》が切《き》れていたら、いままでのこと、そして、いま起《お》きていることをうまく道長先輩《みちながせんぱい》に説明《せつめい》できないんじゃないかってこと。

実際《じっさい》、兼家邸《かねいえてい》にたどりついたときには、息《いき》も絶《た》え絶《だ》え。執事《しつじ》みたいな人《ひと》に、道長先輩《みちながせんぱい》を呼《よ》んでほしいとお願《ねが》いするのさえ、やっとという状態《じょうたい》で。

でも、たくさんの言葉《ことば》はいらなかった。道長先輩《みちながせんぱい》は、必死《ひっし》の形相《ぎょうそう》のあたしを見《み》て。

「紫《ゆかり》になにかあったんだな！　どこだ？」

「きのうの……、バラがいっぱいあったとこ……。」

さらにラッキーなことには、道長先輩《みちながせんぱい》はひとりじゃなかったの。

いっしょに出《で》てきたのは、平維衡《たいらこれひら》さん。そう、鬼《おに》っていう言葉《ことば》が『隠（おん）／（おぬ)』から生《う》まれたという説《せつ》と、だから真実《しんじつ》を〝隠《かく》〟しているものをやっつけるのも鬼退《おにたい》治《じ》になるってことと、それができるのは保昌《やすまさ》さんだっていった、あのクールな人《ひと》。

だから、あたしが、

「鬼退治《おにたいじ》を……、お願《ねが》いします……。」

って、いっただけで、

「わかった！　すぐに保昌《やすまさ》を呼《よ》ぶ！」

って電話《でんわ》をかけてくれたの。しかも、ここでの道長先輩《みちながせんぱい》が、また冷静《れいせい》で。なんの話《はなし》か、さっぱり意味《いみ》がわからないはずなのに、くどくど聞《き》かずに、

「維衡《これひら》！　保昌《やすまさ》には、万里小路《までのこうじ》と六条坊門《ろくじょうぼうもん》が交《まじ》わるあたりの古《ふる》い建物《たてもの》へ来《こ》いといえ！」

そう叫《さけ》ぶと、自分《じぶん》は電動《でんどう》キックボードに手《て》をのばしながら、あたしにむかって。

「乗《の》れ！　フルスロットルで行《い》くから、しっかりつかまってろ！」

こうして気《き》づけば、あたしはいま、爆走《ばくそう》する電動《でんどう》キックボードの上《うえ》で、道長先輩《みちながせんぱい》の腰《こし》にセミみたいにしがみついているわけで。

ほんとに、なんてたよりになるの、道長先輩《みちながせんぱい》！

紫《ゆかり》さんは、藤原一族《ふじわらいちぞく》が大《だい》きらいだから、道長先輩《みちながせんぱい》のことも悪《わる》くいうけど。ここまで心配《しんぱい》したり、わかってくれてる男子《だんし》は、めったにいないと思《おも》うよ。

それでもきらいだっていうなら、あたしが道長先輩《みちながせんぱい》を……。

って、それはないよね。紫《ゆかり》さんだから、道長先輩《みちながせんぱい》はこんなにすてきにふるまうわけで。

いやいや、いまはそんなことはどうでもいいの！　とにかく紫《ゆかり》さんを助《たす》けなくちゃ！

「ついたぞ、彩羽《いろは》！　腰《こし》から手《て》を放《はな》せ！」

道長先輩《みちながせんぱい》は、ほえるようにいうと、あのレンガ造《づく》りの建物《たてもの》に走《はし》っていく。そして、すすけた木《き》のドアをけたてるように開《ひら》くと。

「紫《ゆかり》！　紫《ゆかり》！　どこにいるんだ！　返事《へんじ》しろ！」

あとを追《お》ってあたしも古《ふる》びた建物《たてもの》に入《はい》ると、まっ暗《くら》な部屋《へや》に、懐中電灯《かいちゅうでんとう》の光《ひかり》の輪《わ》が一つ。そのオレンジ色《いろ》の光《ひかり》が声《こえ》の主《ぬし》をてらすと、友平《ともひら》さんの声《こえ》がして。

「道長《みちなが》くん!?　どうしてここへ？　あ、彩羽《いろは》さんが呼《よ》んだんですね。」

「そんなことより、紫《ゆかり》は？　紫《ゆかり》は見《み》つかったんですか！」

「まだです。為時《ためとき》さんが二階《かい》、わたしが一階《かい》と、手分《てわ》けしてさがしているところです。」

「でも、ここにいるんですよね！　彩羽《いろは》、そうなんだろ？」

いらだつ道長先輩《みちながせんぱい》。それをなだめるように、闇《やみ》の中《なか》から友平《ともひら》さんが。

「紫《ゆかり》さんのすがたを隠《かく》しているのは呪《のろ》いの力《ちから》です。見《み》つけるには、呪《のろ》いを解《と》くカギを見《み》つけなければなりません。」

「で、そのカギっていうのは、なんなんですか！」

「〈鬼《おに》〉です。どこかに〈鬼《おに》〉の字《じ》がついているネームプレートがあるはずです。もしかするとバラの鉢《はち》に書《か》いてあるのかもしれませんが、とにかく、その文字《もじ》、あるいはバラそのものを破壊《はかい》すれば、おそらく呪《のろ》いは解《と》けるのではないか、と。」

「〈鬼《おに》〉ですね！　〈鬼《おに》〉〈鬼《おに》〉〈鬼《おに》〉……。おい、彩羽《いろは》もさがせ！」

「は、はい……。」

あたしはそう答《こた》えながらも、ほんとかなって、思《おも》った。

もちろん〈鬼《おに》〉がカギだとは思《おも》う。そう気《き》づいたのはあたしだし。でも……。

それなら、目《め》で見《み》て〈鬼《おに》〉だとわかるようにはしないんじゃないかな？

安倍先生《あべせんせい》のお話《はなし》では、かくれ陰陽師《おんみょうじ》は、あたしたちに友平《ともひら》さんを疑《うたが》わせるために、ここへおびきよせたんだよね。それって、ここにふみこまれてもカギのありかがバレない自信《じしん》があったからでしょ？

呪《のろ》いをかけるのに、いちばんだいじなカギ。でも、目《め》にはそれとは見《み》えないもの。

『昼《ひる》のお星《ほし》は眼《め》にみえぬ。見《み》えぬけれどもあるんだよ。見《み》えぬものでもあるんだよ。』

父《とう》ちゃんが教《おし》えてくれた詩《し》が頭《あたま》の中《なか》をめぐる。

考《かん》えこむあたしの鼻《はな》を、バラの香《かお》りがくすぐった。暗《くら》くて目《め》がよく見《み》えないせいか、きのうよりも、バラの香《かお》りがよけいに強《つよ》く感《かん》じられる。

ほんと、ここには信《しん》じられないぐらいたくさんのバラが……。あ、そういえば！

闇《やみ》の中《なか》に、きのう見《み》た、バラのネームプレートの一《ひと》つ、うかんだような気《き》がした。

〈闇夜姫《やみよひめ》　イングリッシュローズ〉

そうだよ！　あの黒《くろ》バラのネームプレートには、漢字《かんじ》がなかった！

お花《はな》の奥《おく》の目玉《めだま》で、なんどもあたしをおどしてきた化《ば》け物《もの》みたいなバラなのに、漢字《かんじ》がついていなかった。それは、なぜかというと、あのバラこそが〈鬼《おに》〉だから……。

「闇夜姫《やみよひめ》を見《み》つけてください！」

あたしは、暗闇《くらやみ》の中《なか》で叫《さけ》んだ。

「黒《くろ》くて、大《おお》きなバラ！　それこそが〈鬼《おに》〉の正体《しょうたい》です！」

と、そのとき。

部屋《へや》の中《なか》に、するどい光《ひかり》が上《あ》がった。

懐中電灯《かいちゅうでんとう》のオレンジ色《いろ》とは別《べつ》の、銀色《ぎんいろ》の光《ひかり》。

光《ひかり》のまわりには、黒《くろ》い花《はな》びらが、そして、そのまんなかで黒《くろ》い瞳《ひとみ》がぎょろり。

そ、そんな！　それじゃあ、光《ひかり》を放《はな》っているのは、闇夜姫《やみよひめ》のお花《はな》!?

「う、うわっ！」

ぎらりとかがやく目玉《めだま》のそばで、悲鳴《ひめい》があがった。

「友平《ともひら》さん！」

悲鳴《ひめい》にむかってかけよる、道長先輩《みちながせんぱい》の黒《くろ》い影《かげ》。でも、影《かげ》はぴたりと止《と》まって。

「えっ？　こ、これはいったい……。」

闇《やみ》の中《なか》で、銀色《ぎんいろ》の光《ひかり》がぐるぐるとまわっている。それはやがて、道長先輩《みちながせんぱい》のひきつった顔《かお》を、そして、友平《ともひら》さんのすがたをてらしだした。

「うっ、く、苦《くる》しい……。」

友平《ともひら》さんの体《からだ》に、バラのつるがまきついていた。つるだけじゃない。闇夜姫《やみよひめ》そのものが、ヘビみたいに茎《くき》をくねらせながら、友平《ともひら》さんの体《からだ》をしめつけていた。

けれど、道長先輩《みちながせんぱい》がたじろいだのも、ほんの一瞬《いっしゅん》のこと。

「くっそう！　この化《ば》け物《もの》め！」

道長先輩《みちながせんぱい》は、友平《ともひら》さんにかけよると、その体《からだ》にまきついた、つると茎《くき》をひきはがしにかかった。でも、すぐにその手《て》を放《はな》してしまい。

「い、いってぇ！　と、とげが……。」

見《み》れば、闇夜姫《やみよひめ》は、なぜかひとまわりも大《おお》きくなってる。そのぶん、ただでさえいたいバラのトゲも大《おお》きくなっているらしく、とても素手《すで》でつかむことはできないらしく。

「彩羽《いろは》！　なにか刃物《はもの》をさがせ！　小刀《こがたな》でもナイフでもノコギリでもなんでもいい！」

「は、はい……。」

そう返事《へんじ》をしたものの、どこになにがあるのかさえわからず、おろおろするばかり。

そんなあたしの目《め》の前《まえ》を、黒《くろ》い影《かげ》が、さっと横切《よこぎ》った。

その身《み》のこなしの速《はや》さときたら、まるでネコみたい。でも、その大《おお》きさは、ネコどころか大《おお》きな人《ひと》のようで。

「ここは、おれにまかせてください！」

そ、その声《こえ》は保昌《やすまさ》さん⁉

あたしがあっけにとられているうちに、保昌《やすまさ》さんの影《かげ》は闇夜姫《やみよひめ》の前《まえ》へ。そして……。

ビュンッ！　ザクッ！

空気《くうき》を切《き》りさくするどい音《おと》のあと、庖丁《ほうちょう》で固《かた》い物《もの》をきざんだような音《おと》がした。

そのとたん、黒《くろ》バラから放《はな》たれていた銀色《ぎんいろ》の光《ひかり》がすっと消《き》えて、あたりはまっ暗《くら》に。

「ああ、と、友平《ともひら》さま……。」

えええっ！　その声《こえ》は紫《ゆかり》さん！

あたしは、バラの鉢《はち》のあいだをぬって、声《こえ》のほうへかけよった。

と同時《どうじ》に、懐中電灯《かいちゅうでんとう》の明《あ》かりが灯《とも》った。

オレンジ色《いろ》の光《ひかり》にうかび上《あ》がったのは、床《ゆか》にころがった黒《くろ》いバラの花《はな》と、ぶっつりと断《た》ち切《き》られた、トゲトゲの太《ふと》い茎《くき》。その中《なか》にしゃがみこむイケメン大学生《だいがくせい》。

その腕《うで》には、女《おんな》の子《こ》がひとり、ふるえながらしがみついていて。

「紫《ゆかり》さん！」

「い、彩羽《いろは》？　ああ、彩羽《いろは》ぁ……。」

紫《ゆかり》さん、あたしにむかって手《て》をのばしながらも、友平《ともひら》さんからは離《はな》れようとせず。

やっぱり、紫《ゆかり》さんは友平《ともひら》さんのことが好《す》きでたまらないのかな。それとも、ほっとして動《うご》けないだけかな。すごくこわい目《め》にあったんだから、だれだって、そばにいた人《ひと》にしがみついちゃうだろうし。でも、道長先輩《みちながせんぱい》にしてみれば……。

そっとうしろをふりかえると。

「よくやった、保昌《やすまさ》！　それにしても、すごい刀《かたな》をもってきたんだな！」

「あざっす！　こいつは『童子切安綱《どうじきりやすつな》』っていう名刀《めいとう》です。大《おお》げさかなと思《おも》ったんすけど、鬼退治《おにたいじ》だって聞《き》いたんで、親父《おやじ》から借《か》りてきました！」

「大《おお》げさなもんか！　おまえはほんとにたよりになるやつだぜ！」

道長先輩《みちながせんぱい》は保昌《やすまさ》さんをほめちぎってる。そのあとも、かけつけてきた維衡《これひら》さん、頼信《よりのぶ》さん、致頼《むねより》さんに、二階《かい》にいる為時《ためとき》さんに紫《ゆかり》さんの無事《ぶじ》を知《し》らせてこいとか、かくれ陰陽師《おんみょうじ》がいないか捜索《そうさく》しろとか、てきぱきと指示《しじ》を出《だ》し続《つづ》けて、紫《ゆかり》さんには目《め》もむけず。
でも、それって、逆《ぎゃく》にすごく意識《いしき》してるってこと?
だとしたら、なんだか、ちょっとかわいそうな気《き》がしなくもない……。
とはいえ、とにかく紫《ゆかり》さんが無事《ぶじ》でよかった。
これで、怪異《かいい》も消《き》えるといいんだけど……。

第《だい》二話《わ》
行《い》きはよいよい、帰《かえ》りはこわい？

1 お迎《むか》えは黒塗《くろぬ》りのリムジンで

「……さて、あしたから夏休《なつやす》み。ということで、これから生活上《せいかつじょう》の注意《ちゅうい》をいたします。」

恐怖《きょうふ》の晩《ばん》から二日《ふつか》。今日《きょう》は一学期《がっき》の最終日《さいしゅうび》。

「まずは熱中症《ねっちゅうしょう》について。三十五度《ど》をこえたら屋外《おくがい》での活動《かつどう》は……。」

一年梨組《ねんなしぐみ》のみなさん、ぱっと見《み》、一条定子先生《いちじょうさだこせんせい》の話《はなし》を静《しず》かに聞《き》いているようだけど、頭《あたま》の中《なか》は夏休《なつやす》みのことでいっぱいのはず。

そういうあたしも、ぜんぜん別《べつ》のことを思《おも》いめぐらせているんだけど。

「自分《じぶん》ばかりでなく、まわりの人《ひと》、特《とく》にお年寄《としよ》りにも心《こころ》を配《くば》って……。」

きのうの放課後《ほうかご》、紫《ゆかり》さんとあたし、友平《ともひら》さん、道長先輩《みちながせんぱい》、道長四天王《みちながしてんのう》さんなど、あの事《じ》件《けん》の関係者全員《かんけいしゃぜんいん》が、安倍晴明副校長《あべせいめいふくこうちょう》から事情《じじょう》を聞《き》かれたときのことを……。

「たしかに重家《しげいえ》さんの家《いえ》にむかいましたが、お屋敷《やしき》の中《なか》には入《はい》っていません。」

紫《ゆかり》さん、こわい思《おも》いをしたのがうそみたいに、落《お》ちついた態度《たいど》で語《かた》りだした。

「門《もん》の前《まえ》に立《た》った瞬間《しゅんかん》、目《め》の前《まえ》がまっ暗《くら》になったんです。次《つぎ》に気《き》づいたときには、暗《くら》いところにしゃがんでいました。ここはどこで、なにが起《お》きたんだろう。そう考《かんが》えていたとき、父《とう》さまや友平《ともひら》さまの声《こえ》がしました。でも返事《へんじ》をしたくても声《こえ》が出《で》なかったんです。」

それどころか、もっとおどろいたことが起《お》きたそうで。

「友平《ともひら》さまが、わたしのほうに近《ちか》づいてきました。ところが、すぐそばまで来《き》ても、ぜんぜん気《き》づかないんです。まるでわたしのことが見《み》えてないみたいに。」

「『鬼（おに）／隠（おぬ）の呪《のろ》い』か……。」

え？　安倍先生《あべせんせい》、それだけでわかるの？　さすがは陰陽師《おんみょうじ》の先生《せんせい》だね。

「友平《ともひら》さまに手《て》をのばそうとしても、金縛《かなしば》りにあったように体《からだ》が動《うご》きません。あたしはパニックになりました。そのとき彩羽《いろは》の声《こえ》が聞《き》こえました。『闇夜姫《やみよひめ》を見《み》つけてください！』、『それこそが〈鬼《おに》〉の正体《しょうたい》です！』って。そのとたん動《うご》きはじめたんです、バラが！」

もちろん、バラっていうのは〈闇夜姫《やみよひめ》〉のこと。

「つるがニョロニョロとのびて、太《ふと》い茎《くき》もうねうねしながら、背後《はいご》から友平《ともひら》さまにしのびよっていきました。わたし、必死《ひっし》に声《こえ》を出《だ》そうとしたんですが……。」

そのあとのことは、友平《ともひら》さんや道長先輩《みちながせんぱい》、保昌《やすまさ》さんやあたしの話《はな》したことと同《おな》じ。

で、紫《ゆかり》さんの話《はなし》が終《お》わったところで、道長先輩《みちながせんぱい》が安倍先生《あべせんせい》をふりかえって。

「それで、顕光《あきみつ》はなんていってるんですか？　事情《じじょう》を聞《き》いたんですよね？」

道長先輩《みちながせんぱい》、大人《おとな》の藤原顕光《ふじわらあきみつ》さんのことを呼《よ》びすて。けれど、安倍先生《あべせんせい》も注意《ちゅうい》せず。

「すべて否定《ひてい》されました。『いろは』というバラは庭師《にわし》が購入《こうにゅう》したもので自分《じぶん》はなにも知《し》らない。まして陰陽師《おんみょうじ》とつながって呪《のろ》いをかけるなど、考《かんが》えたこともない。今後《こんご》もそんな疑《うたが》いをかけ続《つづ》けるのなら、訴《うった》えるぞ、と、それはもうすごい剣幕《けんまく》でしてね。」

「だけど手紙《てがみ》は？　彩羽《いろは》が受《う》けとった手紙《てがみ》には、重家《しげいえ》って名前《なまえ》がはっきりと……。」

「それも知《し》らないそうです。たしかに『重家《しげいえ》』という筆跡《ひっせき》は、重家《しげいえ》くんのものとはちがうようですし、重家《しげいえ》くん本人《ほんにん》のアリバイもあるようです。」

重家《しげいえ》さんがいうには、学園《がくえん》からはまっすぐ家《いえ》にもどり、その後《ご》、外出《がいしゅつ》はしてないんだって。顕光家《あきみつけ》の人《ひと》も、いっしょに下校《げこう》した友《とも》だちも、同《おな》じことを証言《しょうげん》しているそうで。

「重家《しげいえ》くんはこうもいってました。『自分《じぶん》なら、折《お》り枝《えだ》つきの手紙《てがみ》を郵便受《ゆうびんう》けにつっこんだりしません。信頼《しんらい》できる人《ひと》にたのんで直接手渡《ちょくせつてわた》します。それが礼儀《れいぎ》でしょう？』と。」

「あの野郎《やろう》！　ぬけぬけと！」

いきりたつ道長先輩《みちながせんぱい》を、安倍先生《あべせんせい》も両手《りょうて》を上《あ》げて押《お》さえながらも。

「正直《しょうじき》、わたしも藤原顕光氏《ふじわらあきみつし》は怪《あや》しいと思《おも》っています。証言《しょうげん》も口裏合《くちうらあ》わせの可能性《かのうせい》がぬぐえませんし、藤原兼家会長《ふじわらかねいえかいちょう》へのうらみや、会長《かいちょう》の座《ざ》をねらっていることを考《かんが》えると、かくれ陰陽師《おんみょうじ》と手《て》を組《く》む動機《どうき》は十分《じゅうぶん》にありますからね。」

「そうですよ！　顕光《あきみつ》はなんでもいいから、この街《まち》に問題《もんだい》をひきおこしたがってるんです。事件《じけん》や騒動《そうどう》が起《お》きれば、最後《さいご》はうちの親父《おやじ》の責任《せきにん》にできるんですから。だけど、だからって、紫《ゆかり》にまで手《て》を出《だ》すとは！　ぜったいに許《ゆる》さねえ！」

道長先輩《みちながせんぱい》の顔《かお》は興奮《こうふん》でまっ赤《か》。安倍先生《あべせんせい》も大《おお》きくうなずいて。

「『鬼《おに》の呪《のろ》い』はまだ解《と》けていない以上《いじょう》、用心《ようじん》が必要《ひつよう》です。平安時代《へいあんじだい》、京《きょう》の都《みやこ》で暴《あば》れた鬼《おに》『酒呑童子《しゅてんどうじ》』は、何人《なんにん》もの姫《ひめ》をさらったことで、人々《ひとびと》を恐怖《きょうふ》におとしいれました。ということは、今回《こんかい》も、ねらわれる女子《じょし》がいるかもしれません。たとえば、彩羽《いろは》くんとか。」

とつぜん名前《なまえ》を挙《あ》げられた、あたしは飛《と》び上《あ》がった。

「え？　あ、あたし、ですか！」

「だいじょうぶ。解決《かいけつ》まで、紫《ゆかり》くんと彩羽《いろは》くんにはボディーガードをつけますから。」

安倍先生《あべせんせい》がにっこり笑《わら》った。と思《おも》ったら、そのうしろで道長先輩《みちながせんぱい》がにっこり。

「安心《あんしん》しろ。おまえも紫《ゆかり》も、おれたち五人《にん》が守《まも》ってやるから。」

ところが、こんどは、それまで落《お》ちついていた紫《ゆかり》さんが飛《と》び上《あ》がって。

「あんたと四人《にん》の子分《こぶん》がボディーガードですって⁉　安倍先生《あべせんせい》、それはやめましょう！

あたしのことは、きっと友平《ともひら》さまがそれとなく見守《みまも》って……。」

「紫《ゆかり》さん、わたしもここは道長《みちなが》くんたちにまかせたいと思《おも》います。」

なんと！　友平《ともひら》さんが紫《ゆかり》さんをさえぎった……。

「この腕《うで》では、いざというとき、紫《ゆかり》さんを守《まも》れるかどうか自信《じしん》がありませんから。」

友平《ともひら》さんが目《め》をむけたのは、自分《じぶん》の腕《うで》。どちらの腕《うで》も、ミイラみたいに包帯《ほうたい》でぐるぐるまきにされてる。ケガの原因《げんいん》は、もちろん闇夜姫《やみよひめ》。

あたしも以前《いぜん》、つるでぎゅうぎゅうしめつけられたことがあるからわかる。あれと同《おな》じ力《ちから》で、トゲトゲだらけの茎《くき》にまきつかれたら、腕《うで》も体《からだ》もただではすまないはず。

そういわれては、紫《ゆかり》さんもなにもいえず。安倍先生《あべせんせい》が、またにっこり笑《わら》って。

「では、道長《みちなが》くんたち、あしたからさっそく、二人《ふたり》のことをお願《ねが》いしますよ。」


というわけで、けさ、マンションの入《い》り口《ぐち》で待《ま》っていたのは平維衡《たいらこれひら》さん。

聞《き》けば、紫《ゆかり》さんのボディーガードには道長先輩《みちながせんぱい》がついたそうで。

だけど、教室《きょうしつ》で会《あ》った紫《ゆかり》さん、ぷりぷりしながらこういってたっけ。

『あたし、そばには寄《よ》せつけなかったよ。いってやったのよ、「ほかの女子《じょし》にうらまれたくないから、離《はな》れててくれない？　優秀《ゆうしゅう》なボディーガードなら、それとわからずにガードできるものでしょ。」って。』

だったら、あたしも維衡《これひら》さんにそういってみようかな。だって、男子《だんし》と二人《ふたり》、それも年《とし》上《うえ》のイケメン高校生《こうこうせい》とペア登校《とうこう》なんて目立《めだ》つし、息《いき》がつまるし……。

「……彩羽《いろは》？」

でもなぁ。合《ごう》コンのときも思《おも》ったけど、維衡《これひら》さんって、やさしいし、おしゃべりもおもしろいんだよね。いろんなこと知《し》ってるから、聞《き》いているだけで楽《たの》しい……。

「……彩羽《いろは》？」

あ、っていうか、一学期《がっき》は今日《きょう》で終《お》わりだから、ボディーガードも今日《きょう》の下校《げこう》でいったん終《お》わりってこと？ うーん、それはそれでちょっと残念《ざんねん》なような……。

「彩羽《いろは》!!」

「わっ！ ゆ、紫《ゆかり》さん！ って、あれ？ どうして教室《きょうしつ》にだれもいないの？」

「終《お》わったの、終業式《しゅうぎょうしき》！ みんな、もう帰《かえ》ったのよ！ ったく、先生《せんせい》に気《き》づかれずにここまで熟睡《じゅくすい》できるって、どういうワザ？ まさか、目《め》を開《あ》けたまま寝《ね》られるとか？」

え？ あたし、寝《ね》てたの？ いままでのこと、あれこれ考《かんが》えてたつもりだったけど。

「さ、帰《かえ》るぞ。とにかく、これで一学期《がっき》、終了《しゅうりょう》！ 夏休《なつやす》みだ～！」

「あ、ちょっと待《ま》って……。」

あわててカバンを手《て》にしたあたし、紫《ゆかり》さんといっしょに教室《きょうしつ》の外《そと》へ。そのとたん！

「ヤッホ～！　紫《ゆかり》～、彩羽《いろは》～！」

いずみちゃん！　それに、アンちゃんも小夜《さよ》ちゃんも！

「三人《にん》そろって、どうしたんだよ。」

「どうしたって、決《き》まってるじゃなぁい！　オーディションの作戦会議《さくせんかいぎ》だよぉ！」

作戦会議《さくせんかいぎ》？　オーディション？　なんすか、そりは？

そうしたら、紫《ゆかり》さん、あきれたようにあたしをふりかえって。

「あー、その話《はなし》も爆睡《ばくすい》してて聞《き》いてなかったか。ほら、前《まえ》に石清水祭《いわしみずさい》の『放生会《ほうじょうえ》』で『胡《こ》蝶《ちょう》の舞《まい》』の舞人《まいびと》をこの学園《がくえん》の中一《ちゅう》女子《じょし》から選《えら》ぶって話《はなし》があったろ？　そのオーディションを今月《こんげつ》の末《すえ》に開《ひら》くって、一条先生《いちじょうせんせい》からいろいろ説明《せつめい》があったんだよ。」

「ふーん……。あ、それじゃあ、いずみちゃん、オーディションに出《で》るつもりなの⁉」

「あったりまえ～！　石清水祭《いわしみずさい》にはたくさん人《ひと》が集《あつ》まるんだよぉ。みんなに注目《ちゅうもく》されるチャンスだもん。というわけで、これから作戦会議《さくせんかいぎ》！　全員《ぜんいん》、文芸部《ぶんげいぶ》の部室《ぶしつ》へレッツゴ～！」

「全員《ぜんいん》？　いずみちゃん、あたし、そんな話《はなし》、聞《き》いてないんですけど。紫《ゆかり》さんは？」

「あたしも聞《き》いてない。」

でも、いずみちゃん、悪《わる》びれもせず。

「そりゃ、そうだよぉ。いま初《はじ》めて話《はな》したんだから。アンも小夜《さよ》も、そうだよね？」

そうしたら、アンちゃんと小夜《さよ》ちゃん、そろって、こくり。

ああ、いずみちゃんの自己《じこ》チュー度《ど》、世界最強《せかいさいきょう》です！　紫《ゆかり》さん、助《たす》けて……。

「なあ、いずみ。急《きゅう》に作戦会議《さくせんかいぎ》っていわれても、予定《よてい》っていうものがあるからさ……。」

「予定《よてい》って、なに？」

いずみちゃん、一歩《いっぽ》もひきさがりません。

「いや、だから、このあと、校門《こうもん》で待《ま》ち合《あ》わせがあって……。」

紫《ゆかり》さん！　それはいっちゃダメ！　道長《みちなが》さんと維衡《これひら》さんがボディーガードにつこうと待《ま》ってることを知《し》られたら、なにがあったのか、根掘《ねほ》り葉掘《はほ》り、ぜんぶ聞《き》かれるよ！

と、言葉《ことば》に出《だ》してはいえないので、紫《ゆかり》さんの制服《せいふく》のすそをつまんで、つんつん。

そうしたら、紫《ゆかり》さんも、その意味《いみ》をすぐにさとったらしく。

「つまり、待《ま》ち合《あ》わせっていうのは……。ほら、今日《きょう》は一学期最終日《がっきさいしゅうび》で帰《かえ》りも早《はや》いから、父《とう》さまや惟規《のぶのり》と外《そと》で食事《しょくじ》をすることになってて。」

「あ、そ。じゃあ、今日《きょう》は紫《ゆかり》は欠席《けっせき》ってことで。彩羽《いろは》、行《い》こっ！」

えええ！　そ、そう来《く》るとは思《おも》ってなかった。ああ、どうしよう……。

「アンさん、ここにいたんですか。」

とつぜん、男《おとこ》の人《ひと》の声《こえ》がした。ふりかえると、そこには清潔感《せいけつかん》あふれるさわやか男子《だんし》が立《た》っていて。

「あ、む、致頼《むねより》さん……。」

ほっぺをぽっと染《そ》めるアンちゃんにむかって、致頼《むねより》さん、にっこり。

「一学期《がっき》も終《お》わったことだし、これから冷《つめ》たいものでも食《た》べに行《い》きませんか、三人《にん》で。」

三人《にん》で？　あ、うしろに、さらに二人《ふたり》、男子《だんし》がいる……。

「やあ、小夜《さよ》さん。」

小夜《さよ》ちゃんに声《こえ》をかけたのは、今日《きょう》も彫《ほ》りの深《ふか》い顔立《かおだ》ちのワイルド系男子《けいだんし》の源頼信《みなもとよりのぶ》さん。そして、いちばんうしろには、体育会系《たいいくかいけい》のがっちりした体《からだ》つきの……。

「保昌《やすまさ》くん！」

「……や、やあ。」

保昌《やすまさ》さん、はずかしそうに顔《かお》をうつむかせながら、ぽつり。紫《ゆかり》さんとあたしを助《たす》けてくれたときの勇敢《ゆうかん》なイメージゼロ。男子《だんし》って、こうも変《か》わるものなのかな。

「小夜《さよ》さん、おれは『うたねこ堂《どう》のにゃんこクリームソーダ』にしようといってるんだが、致頼《むねより》は夏《なつ》のスイーツの定番《ていばん》は『喫茶《きっさ》ソワレのゼリーポンチ』だろっていうし、保昌《やすまさ》は『抹茶《まっちゃ》とマスカルポーネのかき氷《ごおり》』だといいはるし。きみの意見《いけん》は……。」

ところが小夜《さよ》ちゃんが口《くち》を開《ひら》くよりも先《さき》に。

「『抹茶《まっちゃ》とマスカルポーネのかき氷《ごおり》』に決定《けってい》だよぉ！」

いずみちゃん……。

「あ、作戦会議《さくせんかいぎ》は、あしたの午後《ごご》、あたしのお家《うち》で開《ひら》くことにしまーす。だって、紫《ゆかり》がいないんじゃ意味《いみ》ないしぃ。」

いずみちゃん……。

「それじゃあ、かき氷《ごおり》を食《た》べに、レッツゴー〜！」

というわけで、気《き》づけば廊下《ろうか》に立《た》っているのはあたしたち二人《ふたり》だけ。これには、紫《ゆかり》さんもあきれたように笑《わら》いだして。

「やられたな……。」

「ほんと。いずみちゃんにかなう人《ひと》はだれもいないね。」

「ううん、あたしが『やられた』っていってるのは、道長《みちなが》だよ。」

え？

「あいつ、いずみの行動《こうどう》を聞《き》きだしたのか、それとも予想《よそう》したのか、とにかく、あたしたちのじゃまをしないように、子分《こぶん》たちを手配《てはい》したのさ。」

「うっそ！　だとしたら、道長先輩《みちながせんぱい》、すごくない？」

「まあな。あいつ、頭《あたま》はいいんだよ。それは認《みと》める。」

顔《かお》もでしょ、っていおうと思《おも》ったけど、あたしはだまってた。

「でも、礼《れい》はいわないよ。いくらあたしに恩《おん》を売《う》ったところで、父《とう》さまや友平《ともひら》さまをいじめている兼家《かねいえ》の息子《むすこ》であることには変《か》わりはないんだから。」

ふんと鼻《はな》を鳴《な》らした紫《ゆかり》さん、あたしをふりかえって、にっこり。

「さ、帰《かえ》ろ。彩羽《いろは》。」

「うん。」

肩《かた》をならべて校舎《こうしゃ》を出《で》ると、外《そと》はすっかり夏空《なつぞら》。おひさまがぎらぎら照《て》りつけていた。

でも、生徒《せいと》たちは夏休《なつやす》みだっていうので、みんなうきうき。初等部《しょとうぶ》の横《よこ》を通《とお》ったときには、楽《たの》しそうな歌声《うたごえ》も聞《き》こえてきて。

♪かーごめ　かごめ　かごのなかの鳥《とり》は　いつ　いつでやる
夜明《よあ》けのばんに　つるとカメが　すーべった　うしろの正面《しょうめん》、だーれ？

「ねえ、紫《ゆかり》さん。あの子《こ》たち、なにしてるの？」

あたしが指《ゆび》さしたのは広場《ひろば》の小学生《しょうがくせい》たち。女《おんな》の子《こ》たちが五、六人《にん》、歌《うた》を歌《うた》いながら、輪《わ》になってまわってる。で、輪《わ》の中《なか》には、女《おんな》の子《こ》がひとり、しゃがんでいて。

でも、両手《りょうて》で顔《かお》をおおっているところといい、歌詞《かし》が意味不明《いみふめい》なところといい、なんだか、女《おんな》の子《こ》をいじめているように見《み》えたわけで。

「ああ、アメリカ育《そだ》ちの彩羽《いろは》は知《し》らないか。あれは『かごめかごめ』っていう、昔《むかし》ながらの子《こ》どもの遊《あそ》びさ。ああやって、歌《うた》を歌《うた》いながらまわって、終《お》わったところで止《と》まる。で、輪《わ》の中《なか》の鬼《おに》が、まうしろにだれがいるのかを当《あ》てるんだ。」

「鬼《おに》……。」

あたしは思《おも》わず息《いき》をのんだ。でも、それに気《き》づいた紫《ゆかり》さん、くすっと笑《わら》って。

「考《かんが》えすぎだって。あの鬼《おに》は、鬼《おに》ごっことかかくれんぼの鬼《おに》と同《おな》じなんだから。」

と、ちょうどそこで、その鬼《おに》の役《やく》の女《おんな》の子《こ》が声《こえ》をあげた。

「うしろにいるのは、葵《あおい》ちゃん！」

ところが、そのとたん、輪《わ》になっていた女《おんな》の子《こ》たちがなぜか怒《おこ》りだして。

「ああっ！　また、ズルしたぁ！」

「そうだよ！　あたしたちにわからないように、のぞいたでしょ！」

「ズルなんか、してないよ。のぞいてもいないし。」

鬼《おに》の役《やく》の女《おんな》の子《こ》もいいかえしてる。それでも、だれも納得《なっとく》してないみたいで。

「じゃあ、どうして、きみえちゃんが鬼《おに》になると、ぜったいに当《あ》たるわけ？」

「だって、わかるんだもん。」

「答《こた》えになってない！　どうしてわかるのかって、聞《き》いてるの！」

「わかるからだよ。あたしにはわかるの。」

「もうっ、そうやって、うそばっかりつくんだもん。もうやだ！」

「ほんと、ほんと！　ねえ、みんな、きみえちゃんと遊《あそ》ぶのやめよう！」

もめてるよ。どうしよう。止《と》めに入《はい》ろうかな。

あたし、こういうのを見《み》ると、胸《むね》がいたむというか、気《き》になるんだよね。

でも、紫《ゆかり》さんは、ぜんぜん気《き》にならないみたいで、どんどん歩《ある》いていく。

しょうがない。いじめってほどでもないし、変《へん》に出《で》しゃばるのもよくないかも……。

というわけで、あたしは紫《ゆかり》さんのあとを追《お》いかけることに。

で、朱雀門《すざくもん》についたところで、あたしはあたりをきょろきょろ。

ここはクリサンテーム学園《がくえん》の正門《せいもん》でもあるので、門《もん》の中《なか》でもひときわ大《おお》きくて立派《りっぱ》。高《たか》さは四、五階分《かいぶん》、幅《はば》も車《くるま》が四、五台《だい》は横《よこ》にならんで入《はい》れそうなほど。

なので、ボディーガードの維衡《これひら》さんも、よく探《さが》さないと……。

「彩羽《いろは》、あたしは先《さき》に行《い》くね。どうせ道長《みちなが》は、あたしの目《め》に触《ふ》れないところから勝手《かって》についてくるからさ。とりあえず、家《いえ》についたら、連絡《れんらく》するよ。じゃあね！」

そういって紫《ゆかり》さんが朱雀門《すざくもん》を出《で》たとき。右《みぎ》のほうから大《おお》きな黒《くろ》い車《くるま》が現《あらわ》れた。

でも、その大《おお》きさはただものではなく。前《まえ》の車輪《しゃりん》とうしろの車輪《しゃりん》がめちゃくちゃはなれてて、車体《しゃたい》が犬《いぬ》のダックスフントみたいに長《なが》い、そう、リムジンっていうやつ。

それが紫《ゆかり》さんのほうへ近《ちか》づいていったかと思《おも》うと、行《ゆ》く手《て》をさえぎるように止《と》まった。

ぎょっと立《た》ちすくむ紫《ゆかり》さん。そこへ、リムジンから運転手《うんてんしゅ》が飛《と》びだしてきて。

「藤原紫《ふじわらゆかり》さまですね？　そちらにいらっしゃるのが一《いち》ノ瀬彩羽《せいろは》さまでしょうか？」

は？　あ、あたし？

「お迎《むか》えにまいりました。どうぞ、お乗《の》りください。」

運転手《うんてんしゅ》さんに深々《ふかぶか》とおじぎをされて、あたし、ぽかん。

すると、リムジンのうしろのドアが開《ひら》いた。

ドアのむこうには、車《くるま》とは思《おも》えないぐらいの広《ひろ》い空間《くうかん》。そこから男《おとこ》の人《ひと》の声《こえ》がした。

「紫《ゆかり》！　彩羽《いろは》！　乗《の》れ！」

え？　そ、その声《こえ》は道長《みちなが》さん？

顔《かお》を見合《みあ》わせる紫《ゆかり》さんとあたしに、車内《しゃない》からまた別《べつ》の声《こえ》が飛《と》んできた。

「維衡《これひら》です。早《はや》く乗《の》ってください。二人《ふたり》とも、目立《めだ》ちたくないのでしょう？」

見《み》まわすと、朱雀門《すざくもん》の前《まえ》の小学生《しょうがくせい》から大人《おとな》までの全員《ぜんいん》が、こっちを見《み》つめている。

あたしたちは、あわててリムジンに飛《と》びこんだ。

2 平安京《へいあんきょう》の特製《とくせい》かき氷《ごおり》！

「彩羽《いろは》さん、コーラはいかがですか。冷《ひ》えてますよ。」

すべるようにリムジンが走《はし》り出《だ》すと、維衡《これひら》さんが車《くるま》の奥《おく》を指《ゆび》さした。

そこは棚《たな》。ずらりとならんだグラスのとなりには、氷《こおり》のつまった銀色《ぎんいろ》の小《ちい》さなバケツみたいなものがあって、コーラやジュースのペットボトルがつっこんである。

こういうの、映画《えいが》の中《なか》だけのものだと思《おも》ったのに、まさか乗《の》れるとは！　しかも白《しろ》の詰《つ》めえり制服《せいふく》のイケメン高校生《こうこうせい》二人《ふたり》といっしょだなんて、ちょっと、いや、盛大《せいだい》に感激《かんげき》。

それにしても、これもボディーガードってこと？　だからって、なんで……。

「なんで、こんな車《くるま》で来《き》たのよ。」

あたしのかわりに、紫《ゆかり》さんが聞《き》いてくれた。ただし、めっちゃとげとげしい声《こえ》で。

「あたしは、目立《めだ》たないようにしてってっていったはずよ。もしかして、これが藤原一族流《ふじわらいちぞくりゅう》のいやがらせってやつ？」

「そんなに怒《おこ》るな。おれも止《と》めたんだから。リムジンなんて、紫《ゆかり》はぜったいいやがるって。だけど親父《おやじ》が勝手《かって》に……。」

「親父《おやじ》？　それって、まさか……。」

でも、道長先輩《みちながせんぱい》はばつが悪《わる》そうに顔《かお》を窓《まど》の外《そと》へ。なので、かわりに維衡《これひら》さんが。

「はい、ウィステリア財団《ざいだん》の藤原兼家会長《ふじわらかねいえかいちょう》です。お二人《ふたり》をお招《まね》きして、お礼《れい》をいいたいとのことで。」

「お礼《れい》？　な、なんで、兼家《かねいえ》なんかにお礼《れい》をいわれなくちゃいけないのよ！」

紫《ゆかり》さん、いくらなんでも、呼《よ》びすてはまずいんじゃない？

「それは会長《かいちょう》がじきじきにお話《はな》しなさると思《おも》います。紫《ゆかり》さんと彩羽《いろは》さんのお父《とう》さんには、すでに連絡済《れんらくず》み、帰《かえ》りも車《くるま》で送《おく》るので、そちらも心配《しんぱい》なく。」

いいおわった維衡《これひら》さん、氷《こおり》づけになってたコーラのペットボトルをひっぱりだすと、シュパッとふたを開《ひら》き、細長《ほそなが》いグラスに注《そそ》いで。

「彩羽《いろは》さん、どうぞ。」

「あ、い、いただきます！」

「ちょっと、彩羽《いろは》……。」

ごめん、紫《ゆかり》さん。でも、あたし、のどがかわいてたし……。ああ、おいしい！


それから十分《ぷん》とたたないうちに、リムジンは藤原兼家邸《ふじわらかねいえてい》の門《もん》をとおりぬけた。

お屋敷《やしき》の敷地《しきち》に入《はい》ってからも、リムジンはスピードを落《お》とすこともなく、走《はし》り続《つづ》ける。

それもそのはず、このお屋敷《やしき》はめちゃくちゃ広《ひろ》いんだから。

前《まえ》に、庚申待《こうしんま》ちのお泊《と》まり会《かい》に来《き》たことがあるから知《し》ってるの。たしか、南北《なんぼく》二百四十メートル、東西《とうざい》は百二十メートル。サッカー場《じょう》でいうと四つ分《ぶん》の広《ひろ》さがある中《なか》に、大小《だいしょう》六つのビルがあって、それぞれが『渡殿《わたどの》』っていう渡《わた》り廊下《ろうか》でつながってるんだって。

さらに広大《こうだい》なお庭《にわ》には、ボート遊《あそ》びのできる大《おお》きな池《いけ》まであるんだよ。

あまりに広《ひろ》すぎて、夜《よる》なんかこわいぐらい。っていうか、実際《じっさい》にあたしはこわいめにあったわけだけど……。

「おつかれさま。つきましたよ。」

維衡《これひら》さんが微笑《ほほえ》むと同時《どうじ》に、リムジンが止《と》まった。運転席《うんてんせき》から飛《と》びだしたドライバーさんがドアを開《ひら》くと。

「いらっしゃいませ。」

うっそ！　ホテルの玄関《げんかん》みたいなところに、何人《なんにん》もの人《ひと》がならんでる。

先頭《せんとう》は黒服《くろふく》の執事《しつじ》さん、そこからメイドさんがずらり。黒《くろ》のドレスの上《うえ》に、フリルのついた白《しろ》いエプロン、頭《あたま》にも白《しろ》いレースのヘッドドレス。

ああ、亡《な》くなった母《かあ》ちゃんに見《み》せたかった！　母《かあ》ちゃん、イギリスの貴族《きぞく》の生活《せいかつ》を描《えが》いたドラマ『ダウントン・アビー』の大《だい》ファンで、こういうシーンが満載《まんさい》だったんだよ。

こんな世界《せかい》がほんとうにあるって知《し》ったら、きっと大喜《おおよろこ》びだったろうな〜。

でも、もちろん、紫《ゆかり》さんはこういうのもおもしろくないわけで、むすっとしてる。

「どうぞ、こちらへ。」

年配《ねんぱい》の執事《しつじ》さんに案内《あんない》されて、あたしたちは建物《たてもの》の中《なか》へ。

庚申待《こうしんま》ちのお泊《と》まり会《かい》のときは、ゆっくりながめるひまがなかったからわからなかったけど、いや、この豪華《ごうか》さ、とんでもないよ。

長《なが》い廊下《ろうか》はどこまでもカーペットがしきつめられているし、一方の壁には、一メートルおきに、値段《ねだん》の高《たか》そうな壺《つぼ》や、お花《はな》を生《い》けた花《か》びんがかざってある。で、反対《はんたい》がわの壁《かべ》はガラス張《ば》りで、そのむこうにひろがる大庭園《だいていえん》を一望《いちぼう》できる……。

でも、ここが平安時代《へいあんじだい》の〝マルチバース〟なら、むかしの日本《にほん》の貴族《きぞく》のお家《うち》もこんなだったんだよね。もちろん当時《とうじ》は木造《もくぞう》だったんだろうけど。サイズ感《かん》、ハンパない……。

「失礼《しつれい》いたします。お客《きゃく》さまをご案内《あんない》いたしました。」

前《まえ》のほうで執事《しつじ》さんの声《こえ》がすると、大《おお》きなとびらが音《おと》もなく開《ひら》いた。

現《あらわ》れたのは、学園《がくえん》の教室《きょうしつ》二個分《こぶん》はありそうな広大《こうだい》なお部屋《へや》。フロアをすきまなくおおう藤色《ふじいろ》のカーペット、白《しろ》い壁《かべ》に描《えが》かれた紫色《むらさきいろ》の藤《ふじ》の花《はな》、それをきらきらとかがやかせる巨《きょ》大《だい》なシャンデリア……。もう、なにもかもがゴージャスすぎて、落《お》ちつかないよ……。

「いやあ、よくおいでくださった！」

しわがれた声《こえ》がした。はっと顔《かお》を上《あ》げると、お部屋《へや》の奥《おく》から、おじさんがひとり、近《ちか》づいてくる。ひとめで高《たか》そうとわかる黒《くろ》のスーツ。浅黒《あさぐろ》く、ごつごつと骨張《ほねば》った細《ほそ》い顔《かお》。落《お》ちくぼんだ目《め》に、長《なが》い口《くち》ひげ。

藤原兼家《ふじわらかねいえ》さん？　こんなに小《ち》っちゃかったっけ？　二か月前《げつまえ》、カモン・パレードで見《み》かけたときは、もっと貫禄《かんろく》があったような気《き》がしたけど。

でも、それは、となりにあたしの父《とう》ちゃんがいたからかも。父《とう》ちゃんはもっとやせてて背《せ》も低《ひく》いし、なにより服《ふく》がみすぼらしいグレーのジャンパーだし。

「きみが一《いち》ノ瀬彩羽《せいろは》さんだね！　お父上《ちちうえ》にはほんとうにお世話《せわ》になっているんだよ！」

わっ、いきなり手《て》をにぎられた！　それも両手《りょうて》で！

「来《き》てくれて、ありがとう！　ほんとうにありがとう！」

ああ、そんなに激《はげ》しくふらなくても。握手《あくしゅ》はふつうにしてください……。

「そして、藤原紫《ふじわらゆかり》さん……。」

あたしの手《て》を放《はな》した兼家《かねいえ》さん、紫《ゆかり》さんをふりかえったものの、こんどはビミョーな半笑《はんわら》い。握手《あくしゅ》するのも迷《まよ》ってるみたいで、あたしとは反応《はんのう》がぜんぜんちがうのは、なぜ？

「お会《あ》いするのは、あの、あのとき以来《いらい》かな？」

「え、ええ、まあ……。」

あのとき？　あ、そうか！　紫《ゆかり》さん、兼家《かねいえ》さんに、う×こを投《な》げつけたんだっけ！（※）

「……しかし、あれは別世界《べっせかい》でのできごとということで、ここではおたがい、うらみっこなしということにしましょう。」

兼家《かねいえ》さん、あいかわらず半笑《はんわら》い。でも、紫《ゆかり》さんはむすっとしたまま、なにも答《こた》えず。

「とにかく、二人《ふたり》ともこちらへどうぞ！　さあ遠慮《えんりょ》なく！」

兼家《かねいえ》さんに誘《いざな》われて、あたしたちは部屋《へや》の奥《おく》へ。そこにあったのは、会長《かいちょう》さん用《よう》の巨大《きょだい》なデスクと、黒革《くろかわ》の立派《りっぱ》なソファセット。

「どうぞ、おすわりなさい。」

指示《しじ》されたとおりに三人掛《にんが》けのソファにすわると、うしろへ道長先輩《みちながせんぱい》と維衡《これひら》さんがさっとまわった。そして、そのまま控《ひか》えるように立《た》っている。

一方《いっぽう》、兼家《かねいえ》さんは、あたしたちの正面《しょうめん》にどっかと腰《こし》をおろすと、小《ちい》さく手《て》を上《あ》げて。

「たのむよ。」

すると、そばにいた執事《しつじ》のおじさんが、うやうやしくおじぎ。

「かしこまりました。」

なんなの、これ？　すごく落《お》ちつかないんですけど。紫《ゆかり》さんもかたい表情《ひょうじょう》で。

「それで、あたしたちに、いったいなんのご用《よう》でしょうか。」

けれど、兼家《かねいえ》さんが答《こた》える前《まえ》に、メイド服《ふく》のおねえさんが現《あらわ》れて、あたしたちの前《まえ》に、銀色《ぎんいろ》のカップを置《お》いた。見《み》れば、カップの中《なか》には、かき氷《ごおり》が入《はい》っていて。

「ほんとうは、お昼《ひる》ご飯《はん》をごちそうしたかったんだが、まだ時間《じかん》が早《はや》いようなのでね。でもこれも特別《とくべつ》なかき氷《ごおり》なんだ。今日《きょう》は暑《あつ》いし、まずはこれで落《お》ちついてくれたまえ。」

特別《とくべつ》なかき氷《ごおり》？　たしかに氷《こおり》は真《ま》っ白《しろ》できれいだけど、でもシロップがかかっていないような……。

紫《ゆかり》さんも、眉《まゆ》をひそめながらも、スプーンをとってる。なので、あたしもそれにならって、ひとくち口《くち》に運《はこ》ぶと。

え？　あまい！　それも、しっかりあまいのに、ぜんぜんしつこくなくて、むしろ、すっきりしてる。氷《こおり》そのものも、やさしい冷《つめ》たさで、かき氷《ごおり》を食《た》べたときの、きーんと頭《あたま》がいたくなる感《かん》じがゼロ。これはたしかに特別《とくべつ》なかき氷《ごおり》！　だけど、なんなの、これ？

「『あてなるもの』……。」

（くわしくは『ＪＣ《ジェーシー》紫式部《むらさきしきぶ》1　転校先《てんこうさき》は、〝姫《ひめ》〟ばかり!?』のオープニングコミックを御覧《ごらん》ください！）

え？　紫《ゆかり》さん、いま、なんて？

「『削《けづ》り氷《ひ》にあまづら入《い》れて、新《あたら》しき金《かな》まりに入《い》れたる。』」

「さすがは藤原為時《ふじわらためとき》どの自慢《じまん》の娘《むすめ》さんだ。よく、ごぞんじだ。」

兼家《かねいえ》さん、満足《まんぞく》そうに微笑《ほほえ》むと、あたしをふりかえって。

「平安時代《へいあんじだい》の有名《ゆうめい》な随筆《ずいひつ》『枕草子《まくらのそうし》』の一節《いっせつ》だよ。清少納言《せいしょうなごん》が『あてなるもの』、つまり『上品《じょうひん》なもの』をいろいろならべた中《なか》に、このかき氷《ごおり》も入《はい》っているんだよ。」

はあ……。

「それにならって『新《あたら》しき金《かな》まり』、つまり新品《しんぴん》の金属《きんぞく》の器《うつわ》に盛《も》らせ、氷《こおり》も天然《てんねん》の氷《こおり》を使《つか》っている。冷凍庫《れいとうこ》がない平安時代《へいあんじだい》は、冬《ふゆ》に凍《こお》った天然《てんねん》の氷《こおり》を暗《くら》い穴《あな》に保存《ほぞん》し、夏《なつ》に削《けず》って食《た》べたんだ。もちろん口《くち》にできるのは貴族《きぞく》だけ。どうだね、雅《みやび》な味《あじ》がするだろう？」

ところが、そこで、紫《ゆかり》さんがうめくようにつぶやいて。

「だけど、いったいどうやって、あまづらを？　この街《まち》にはないはず……。」

「そこもわかってくれたか。そう、なにより上品《じょうひん》なのは、このあまづらのシロップだ。」

兼家《かねいえ》さん、またまたうれしそうに目《め》を細《ほそ》めてる。で、また、あたしに目《め》をむけて。

「『あまづら』はツタの樹液《じゅえき》を煮詰《につ》めて作《つく》るんだよ。まだ砂糖《さとう》がなかった平安時代《へいあんじだい》ならではの甘味料《かんみりょう》でね。わたしも大好《だいす》きで、この世界《せかい》に飛《と》ばされてからも、あの味《あじ》が忘《わす》れられず、使用人《しようにん》に研究《けんきゅう》させたのだ。そして、最近《さいきん》ようやくなつかしの味《あじ》にたどりついた……。」

兼家《かねいえ》さんの笑顔《えがお》がそこですっと消《き》えた。

「わかるかな。それほどまでに、わたしは平安時代《へいあんじだい》が好《す》きで、この街《まち》をもとの時代《じだい》にもどしたいと願《ねが》っているのだよ。彩羽《いろは》さんの父上《ちちうえ》をこの街《まち》にお招《まね》きしたのもそのためだ。ところが、この街《まち》には、そんなわたしをよく思《おも》わない者《もの》がいる。」

兼家《かねいえ》さんの落《お》ちくぼんだ目《め》に怒《いか》りの炎《ほのお》がやどったのがわかった。

「平安《へいあん》の世《よ》では、わが一族《いちぞく》は政治《せいじ》の実権《じっけん》をほぼにぎりかけていた。それで、あの時代《じだい》にはもどりたくないのだろう。さまざまな怪異《かいい》をひきおこし、その責任《せきにん》をわたしに押《お》しつけることで、わたしに代《か》わってこの街《まち》を牛耳《ぎゅうじ》ろうと考《かんが》える、けしからん者《もの》がいるのだ！」

こ、こわっ。そんなこと、あたしたちにいわれてもこまる……。

「だからこそ、きみたちにお礼《れい》をいいたくてね、それで今日《きょう》、お呼《よ》びしたのだよ。」

え？　お礼《れい》？

「きみたちは、けしからん者《もの》のせいでひどい目《め》にあったそうだね。ところがそれをはねかえしたばかりか、わたしを助《たす》けてくれた！　わたしの大《だい》ピンチを救《すく》ってくれた！」

兼家《かねいえ》さん、大興奮《だいこうふん》。でも、ぜんぜん話《はなし》が見《み》えないんだけど。

「聞《き》いておどろかんでくれたまえよ。八月《がつ》十五日《にち》の石清水祭《いわしみずさい》、無事《ぶじ》に実施《じっし》できることになったのだ。だれもが好《す》きなように石清水八幡宮《いわしみずはちまんぐう》へ行《い》けるのだ。この街《まち》から二十キロメートル離《はな》れたお宮《みや》へね！」

「え？」

紫《ゆかり》さん、ぽかん。もちろん、あたしも。だって、この街《まち》は見《み》えないドームで……。

「消《き》えたんだよ。街《まち》をおおっていた目《め》に見《み》えないドームが、きれいになくなったのだ！」

紫《ゆかり》さんとあたし、顔《かお》を見合《みあ》わせたけど、おどろきすぎて、やっぱり言葉《ことば》が出《で》てこない。

兼家《かねいえ》さんは、そんなあたしたちのうしろに目《め》をむけて。

「道長《みちなが》。説明《せつめい》してやりなさい。」

「はい。実《じつ》は昨夜《さくや》、維衡《これひら》とおれは、西洞院《にしのとういん》アベニューを九条《くじょう》ストリートまで出《で》かけたんだ
……。」

九条《くじょう》ストリートっていうのは、この街《まち》のいちばん南《みなみ》ってこと。

「このまま日《ひ》がたてば、石清水八幡宮《いわしみずはちまんぐう》へは行《い》けないことは、いずれ街《まち》の人《ひと》にバレる。その前《まえ》になにかいい手《て》はないかと、街《まち》のはしへ行《い》ってみたわけだ。すると、どうだ。そのまま歩《ある》き続《つづ》けられたんだ。九条《くじょう》ストリートをつっきって、街《まち》の外《そと》までね。」

つまり、ドームが消《き》えていたってこと。

「それだけじゃない。どこまで行《い》けるかためしてみたら、そのまま石清水八幡宮《いわしみずはちまんぐう》まで行《い》けたんだ。そしてまた、この『みやこ研究学園都市《けんきゅうがくえんとし》』にもどることができた。往復《おうふく》四十キロメートル、明《あ》け方《がた》までかかったが、なんの問題《もんだい》もなかった。」

一晩《ひとばん》かけて四十キロメートルも歩《ある》くって、ふつうはそこにおどろくところだけど、いまはそんなことはどうでもよくって。

「でも、いったいどうして消《き》えたんでしょうか？」

「彩羽《いろは》さんのお父上《ちちうえ》のいっていたことが正《ただ》しかった、ということだな。」

兼家《かねいえ》さん、よっぽどうれしいのか、色黒《いろぐろ》の顔《かお》いっぱいに笑《え》みがひろがっている。

「時滑《ときすべ》りとドームは別《べつ》だということだよ。時滑《ときすべ》りは、異《こと》なる時空《じくう》の……、ええっとなんといったかな？」

「マルチバース？」

「それそれ！　そのマルチバースとやらに移動《いどう》してしまう物理現象《ぶつりげんしょう》だが、ドームは心《こころ》の問題《もんだい》。だから、心《こころ》をしばる呪《のろ》いが消《き》えればドームも消《き》えるだろうと。その説《せつ》には、わたしは賛成《さんせい》しかねていたのだが、きみたちはその正《ただ》しさを証明《しょうめい》したわけだ。」

あたしたちが証明《しょうめい》？　あ、それって、おとといの鬼退治《おにたいじ》……。

「そういうことだ！　安倍副校長《あべふくこうちょう》は『鬼《おに》の呪《のろ》い』といっていたが、きみたちのおかげで、それが解《と》け、われわれの心《こころ》も解《と》き放《はな》たれた。そして、街《まち》の内《うち》と外《そと》を自由《じゆう》に出入《でい》りできるようになったのだ！」

このことは、けさ、父《とう》ちゃんにも伝《つた》えられて、さっそく調査《ちょうさ》にでかけたそうで。

「お父上《ちちうえ》もたいへん喜《よろこ》んでおられたよ。これで時滑《ときすべ》りをひきおこした、時空《じくう》の穴《あな》を探《さぐ》る研究《けんきゅう》に没頭《ぼっとう》できるとね。紫《ゆかり》さんに彩羽《いろは》さん、ほんとうにお手柄《てがら》だよ！　この藤原兼家《ふじわらかねいえ》、心《こころ》の底《そこ》から、お礼《れい》を申《もう》し上《あ》げる！」

兼家《かねいえ》さん、両手《りょうて》をひざについて、深々《ふかぶか》とおじぎ。

でも、紫《ゆかり》さんは、ちっともうれしそうな顔《かお》はしていなくて。

「ご用《よう》はそれだけでしょうか？」

思《おも》いがけない反応《はんのう》に、顔《かお》を上《あ》げた兼家《かねいえ》さん、ぽかん。

「ほかになければ、これで失礼《しつれい》します。さ、彩羽《いろは》、行《い》くよ。」

立《た》ち上《あ》がりかけた紫《ゆかり》さんに、兼家《かねいえ》さん、あわてて。

「いやいやいや、待《ま》ちたまえ！　きみたちにはまだ聞《き》きたいことがあるんだ！」

「なんでしょうか。」

「きみたちにお礼《れい》がしたいんだ。こんどのことでは、ほんとうに助《たす》かったからね。だから、いってくれ。ほしいもの、かなえたい願《ねが》いでも、なんでもかまわんぞ。わたしの力《ちから》があれば、たいていのことは……。」

「けっこうです！」

紫《ゆかり》さん、ぴしゃり。

「お礼《れい》をしたいのなら、友平《ともひら》さまと平井保昌《ひらいやすまさ》さんにしてください。呪《のろ》いを解《と》くのにがんばったのは、その二人《ふたり》ですから。まあ、呪《のろ》いを解《と》くカギに気《き》づいたのは彩羽《いろは》だけど……。」

紫《ゆかり》さん、あたしをちらり。

「でも、お礼《れい》なんて、いらないよね？」

「え？　あ、うん、も、もちろん……。」

「というわけで、あまづるのかき氷《ごおり》、ごちそうさまでした。これで失礼《しつれい》します。」

そういうと紫《ゆかり》さん、あたしの手《て》をとって、ずんずん歩《ある》きだした。

「あ、ちょっと……。道長《みちなが》も維衡《これひら》もぼさっとしてないで、二人《ふたり》をリムジンで……。」

ここでも、紫《ゆかり》さんはふりかえりもせず、ぴしゃり。

「リムジンもけっこうです。あたしたち、歩《ある》いて帰《かえ》りますから。」

「そうはいかない。とにかく、ボディーガードを……。」

すぐに維衡《これひら》さんと道長先輩《みちながせんぱい》の足音《あしおと》が追《お》いかけてきた。いっしょに兼家《かねいえ》さんの声《こえ》も。

「気《き》が変《か》わったら、いつでもいってくれたまえ！　どんなことでもいいぞ！　必《かなら》ず願《ねが》いはかなえてやろう！」

3 ♪とーりゃんせ、とーりゃんせ

十五分後《ふんご》。

「ありがとうございました。」

あたしは道長先輩《みちながせんぱい》と維衡《これひら》さんにお礼《れい》をいうと、マンションの前《まえ》でリムジンをおりた。

紫《ゆかり》さんは、最後《さいご》までリムジンには乗《の》らないって、いいはってたんだけどね。でも道長先《みちながせん》輩《ぱい》もひきさがらず。結局《けっきょく》、二度《にど》とリムジンで迎《むか》えに来《こ》ないという約束《やくそく》で、しぶしぶ乗《の》ることに。で、紫《ゆかり》さんのマンションに寄《よ》ったあと、家《いえ》まで送《おく》ってもらったわけで。

「それでは、また。」

リムジンからかけられた維衡《これひら》さんの声《こえ》に、あたし、びっくり。

「え？　またって、あしたから夏休《なつやす》みですけど……。」

「ええ。ですから、おかしな人物《じんぶつ》が近《ちか》づかないよう、ここで見《み》はりをすることになっています。とりあえず、今日《きょう》の午後《ごご》から。」

う、うそでしょ……。

「彩羽《いろは》さんがお出《で》かけのときにはボディーガードにつきます。あ、ご心配《しんぱい》なく。人目《ひとめ》につかないよう離《はな》れてお守《まも》りしますから。道長《みちなが》くんのやりかたと同《おな》じようにね。」

は、はあ……。

「いっとくが、維衡《これひら》をまこうなんて考《かんが》えるなよ。」

リムジンの奥《おく》から道長先輩《みちながせんぱい》の声《こえ》が飛《と》んできた。

「これは安倍晴明副校長《あべせいめいふくこうちょう》からの命令《めいれい》でやっていることなんだ。おれたちをこまらせることは、安倍先生《あべせんせい》をこまらせることでもあるんだからな。」

あたしの返事《へんじ》を待《ま》たず、ドアが閉《し》まり、リムジンはまたすべるように走《はし》り去《さ》った。

ふう……。維衡《これひら》さんをだしぬこうなんて、考《かんが》えもしないのにな。むしろ、ボディーガードについてくれるなら、となりでおしゃべりしてほしいぐらい。

そんなことを考《かんが》えながら、マンションの階段《かいだん》を上《あ》がって、玄関《げんかん》のカギを開《あ》けると。

あれ？　この靴《くつ》……。

「父《とう》ちゃん？　帰《かえ》ってるの？」

「……おお、彩羽《いろは》か。おかえり。」

キッチンから、ひょいと父《とう》ちゃんが顔《かお》をつきだしてきた。

「どうしたの？　今日《きょう》はまだ金曜日《きんようび》だよね？　なのに、お仕事《しごと》、お昼《ひる》で終《お》わりなの？」

「いやいや、そうじゃない。午後《ごご》から研究所《けんきゅうじょ》の所員《しょいん》たちと調査《ちょうさ》に出《で》かけることになってな。その準備《じゅんび》がてら、昼《ひる》ご飯《はん》を家《いえ》で食《た》べようかと思《おも》って、もどってきたんだ。で、どうだった、兼家会長《かねいえかいちょう》は？　ごきげんだったろう？」

ああ、そうか。父《とう》ちゃんには連絡《れんらく》をしてあるって、道長先輩《みちながせんぱい》、いってたっけ。

「うん。あまづるのかき氷《ごおり》とかいう、貴重《きちょう》なスイーツをごちそうしてくれたよ。」

「そうだろう、そうだろう。彩羽《いろは》は大手柄《おおてがら》を上《あ》げたんだからな。いやあ、父《とう》ちゃんもけさ研究所《けんきゅうじょ》に行《い》って、ドームが消《き》えたと知《し》らされたときは、ほんとうにびっくりしたよ。」

父《とう》ちゃん、ごきげん！　しゃべる、しゃべる！

知《し》らせを聞《き》くとすぐ、研究所《けんきゅうじょ》から一条《いちじょう》ストリートへ走《はし》って、その北側《きたがわ》のドームが消《き》えているとをたしかめると、こんどは車《くるま》で、東《ひがし》は東京極《ひがしきょうごく》アベニュー、西《にし》は西京極《にしきょうごく》アベニューのドームも消《き》えているのを確認《かくにん》。

「つまり、ドームは物理現象《ぶつりげんしょう》ではなく、呪《のろ》いによる心理操作《しんりそうさ》だという、父《とう》ちゃんの仮説《かせつ》が正《ただ》しいと証明《しょうめい》されたわけだ。」

「うん。兼家《かねいえ》さんも、父《とう》ちゃんのこと、ほめてたよ。」

「ほめられるのは父《とう》ちゃんじゃなくて、彩羽《いろは》だよ。呪《のろ》いを解《と》いたんだからな。それで？かき氷《ごおり》以外《いがい》に、なにかごほうびをもらったのか？」

「ううん。なんでもほしいものをあげるっていわれたけど、紫《ゆかり》さんがいらないっていうし、あたしも特《とく》にほしいものはないから、ことわってきた。」

そうしたら、父《とう》ちゃん、ぷっとふきだして。

「そういうところ、彩羽《いろは》は母《かあ》ちゃんに似《に》たんだな。紫《ゆかり》くんも欲《よく》がないと見《み》える。」

そうなのかな。紫《ゆかり》さんがいらないっていったのは、別《べつ》の理由《りゆう》だけどね。

でも、そのことは話《はな》さなかった。為時《ためとき》さんや友平《ともひら》さんが藤原一族《ふじわらいちぞく》のせいで出世《しゅっせ》できないとか、そういう話《はなし》、研究《けんきゅう》ひとすじの父《とう》ちゃんには理解《りかい》できないだろうから。

「でも彩羽《いろは》。カップ焼《や》きそば一年分《ねんぶん》ください、ぐらいはいってもよかったんじゃないのか？　それなら紫《ゆかり》くんも……。あ、昼《ひる》ご飯《はん》は一平《いっぺい》ちゃんにしようかな。彩羽《いろは》も食《た》べるか？」

「うん、食《た》べる。」

「ようし！　お湯《ゆ》をわかすぞ！」

とうとう、父《とう》ちゃんまで一平《いっぺい》ちゃんマニアになっちゃった？

ところが、電気《でんき》ポットのスイッチを入《い》れた父《とう》ちゃん、こんどはカバンの中《なか》をごそごそやりだして。

「ところで、午後《ごご》からとりかかろうとしている調査《ちょうさ》っていうのは、時空《じくう》の穴《あな》の探索《たんさく》のことなんだが……。」

「うん、兼家《かねいえ》さんもそういってたね。」

「どのへんを調《しら》べるか、ちょっと教《おし》えてやろう。」

そういって、カバンからとり出《だ》したものを、リビングのテーブルの上《うえ》に広《ひろ》げた。

「これは、みやこ研究学園都市《けんきゅうがくえんとし》とその周辺《しゅうへん》の地図《ちず》だ。」

地図《ちず》の上《うえ》に、まっ赤《か》なスタンプが押《お》してあるのに気《き》がついた。

〝Classified《クラシファイド》〟。英語《えいご》で〝最高機密《さいこうきみつ》〟っていう意味《いみ》。でも、地図《ちず》がなぜ最高機密《さいこうきみつ》？

「さっそくスタンプに気《き》づくとは、なかなかするどいな、彩羽《いろは》。」

父《とう》ちゃんが、くすくす笑《わら》ってる。

「でも考《かんが》えてごらん。これを見《み》て、街《まち》の外《そと》に出《で》かけたいと思《おも》う人《ひと》が出《で》たら、ドームのことがバレちゃうだろ。その気《き》にさせないためにも、地図《ちず》は見《み》せないようにしていたのさ。」

なるほど、そんなことがあったんだ。でも、それもいままでのこと。ドームが消《き》えたいま、こうして研究所《けんきゅうじょ》の外《そと》に持《も》ち出《だ》してもいいことになったんだね。

「それはともかく。時空《じくう》の穴《あな》はこの地図《ちず》のどこかにあると思《おも》うんだ。そして、目《め》をつけているのが川《かわ》だ。」

「川《かわ》？　どうして？」

「川《かわ》はふつう、山《やま》や湖《みずうみ》などから流《なが》れ出《だ》して、最後《さいご》に海《うみ》に出《で》る。が、海《うみ》を渡《わた》れば、また別《べつ》の国《くに》に入《はい》る。つまり、川《かわ》は出口《でぐち》であり、入《い》り口《ぐち》でもある。まるで、マルチバースをつなぐ出《で》入《い》り口《ぐち》のようだろう？」

はあ。よくわからないけど、むずかしい話《はなし》をされてもこまるので、だまってた。

「さて、この地図《ちず》を見《み》てわかるとおり、みやこ研究学園都市《けんきゅうがくえんとし》の東《ひがし》には鴨川《かもがわ》、西《にし》には桂川《かつらがわ》が流《なが》れている。この二つは街《まち》の南《みなみ》で合流《ごうりゅう》し、さらにその南《みなみ》のここで別《べつ》の二本《ほん》の川《かわ》といっしょになって、大阪《おおさか》へと流《なが》れる淀川《よどがわ》になるんだが……。」

父《とう》ちゃんは、三本《ぼん》の川《かわ》の合流地点《ごうりゅうちてん》を指《ゆび》さすと、その指《ゆび》をちょっと南《みなみ》へずらした。

「その近《ちか》くにあるのが、石清水八幡宮《いわしみずはちまんぐう》。父《とう》ちゃんは、ここに時空《じくう》の穴《あな》があるんじゃないかとにらんでる。ただのカンだがね。だが、そんなに的外《まとはず》れでもないと思《おも》っている。」

父《とう》ちゃん、ものすごくまじめな顔《かお》で、指《ゆび》の先《さき》を見《み》つめてる。

「ドームが消《き》えて大喜《おおよろこ》びの兼家会長《かねいえかいちょう》から、石清水祭《いわしみずさい》の内容《ないよう》を聞《き》いたとき、ふと思《おも》ったんだよ。この街《まち》をもとの平安時代《へいあんじだい》にもどしたくない者《もの》にとって、人々《ひとびと》を石清水八幡宮《いわしみずはちまんぐう》へ近《ちか》づけたくない理由《りゆう》が、石清水祭《いわしみずさい》にはあるんじゃないかって。」

「どういうこと？」

父《とう》ちゃんが顔《かお》を上《あ》げた。

「石清水祭《いわしみずさい》は、別名《べつめい》〝放生会《ほうじょうえ》〟ともいってね、神社《じんじゃ》の近《ちか》くを流《なが》れる川《かわ》のほとりで、魚《さかな》や鳥《とり》を放《はな》って、命《いのち》あるすべてのものの幸《しあわ》せを願《ねが》う儀式《ぎしき》なんだが……。」

「うん。前《まえ》に紫《ゆかり》さんから、そう聞《き》いたことがあるよ。」

「彩羽《いろは》。放《はな》された生《い》き物《もの》たちは、どこへ行《い》くんだろうか？」

へ？

「そ、それは、自然《しぜん》に帰《かえ》るんでしょ。」

「そう、自然《しぜん》にもどる。だが、どの自然《しぜん》だ？」

ど、どの自然《しぜん》って、自然《しぜん》に、あの自然《しぜん》とかこの自然《しぜん》とかないでしょ……。

「あ。父《とう》ちゃんは、その自然《しぜん》をマルチバースだと考《かんが》えているわけ？」

そうしたら、父《とう》ちゃん、こくっとうなずいた。

「放生会《ほうじょうえ》で魚《さかな》や鳥《とり》を放《はな》すのは、殺生《せっしょう》、つまり生《い》き物《もの》を殺《ころ》すことを戒《いまし》めるためだそうだ。では、なぜ生《い》き物《もの》を殺《ころ》してはいけないか。それは仏教《ぶっきょう》の『六道輪廻《ろくどうりんね》』という考《かんが》えにもとづいているというんだ。」

六道輪廻《ろくどうりんね》――それは、この世《よ》に生《い》きるすべてのものは、六つの世界《せかい》で生《う》まれたり死《し》んだりを、車輪《しゃりん》が回《まわ》るようになんどもくりかえすってことなんだって。

だから、いま目《め》の前《まえ》にいる生《い》き物《もの》も、自分《じぶん》と血《ち》のつながりのある人《ひと》や知《し》り合《あ》いが転生《てんせい》したものかもしれないし、だとしたら殺《ころ》すわけにはいかないよねって、ことらしく。

「ほんとにそうなのかは、物理学者《ぶつりがくしゃ》としては、すぐには信《しん》じられないし、正直《しょうじき》、よくわからん。だが、一つの命《いのち》が、異《こと》なった世界《せかい》ですがたを変《か》えて生《い》きているというのは、なんとなくマルチバースに似《に》ている気《き》がしてね。」

マルチバースとは、たくさんの宇宙《マルチなうちゅう》。そのそれぞれに、もうひとりの父《とう》ちゃんやあたしが、いろんな時代《じだい》の中《なか》で生《い》きているっていう考《かんが》えだそうで。

六道輪廻《ろくどうりんね》とは、まるっきり同《おな》じじゃないけど、似《に》てるところはたしかにある。

「だとしたら、放生会《ほうじょうえ》と時空《じくう》の穴《あな》には関係《かんけい》があってもおかしくない！　時滑《ときすべ》りと呼《よ》ばれる現象《げんしょう》は、石清水八幡宮《いわしみずはちまんぐう》を通《とお》して起《お》きた可能性《かのうせい》があるんだよ！」

あたしはびっくりして声《こえ》が出《で》なかった。だって、石清水祭《いわしみずさい》といえば、その放生会《ほうじょうえ》で踊《おど》る人《ひと》を、学園《がくえん》の中《ちゅう》一女子《じょし》から選《えら》ぶって話《はなし》になっているわけで。

これって偶然《ぐうぜん》？　それとも……。

あたしがあぜんとしていたら、父《とう》ちゃんは急《きゅう》に頭《あたま》をかきだした。どうやら、途方《とほう》もない話《はなし》に、あたしがあきれているとでも思《おも》ったらしく。

「ハハハ、つい熱《あつ》く語《かた》っちゃったよ。ま、そういうわけで、父《とう》ちゃん、これから石清水八幡宮《いわしみずはちまんぐう》へ行《い》こうと思《おも》ってるんだ。時空《じくう》の穴《あな》なんて、すぐには見《み》つからないだろうが、とりあえず第《だい》一回調《かいちょう》査《さ》ってことでね。」

「な、なるほど……。」

「もしかしたら、帰《かえ》りがおそくなるかもしれないが、ひとりでだいじょうぶか？　まあ、安倍晴明先生《あべせいめいせんせい》からは、ボディーガードをつけるから安心《あんしん》しろとはいわれているんだが。」

「う、うん、だいじょうぶだよ。……あ、父《とう》ちゃん、お湯《ゆ》がわいたみたい。」

そういいながらも、あたしの頭《あたま》の中《なか》はぐるぐるしていた。

マルチバース。放生会《ほうじょうえ》。オーディション。時空《じくう》の穴《あな》……。

どうしよ。このこと、紫《ゆかり》さんにお話《はなし》したほうがいいのかな。うーむ……。


次《つぎ》の日《ひ》。夏休《なつやす》み初日《しょにち》の午後《ごご》。

今日《きょう》は、オーディションの作戦会議《さくせんかいぎ》のために、いずみちゃんのお家《うち》へお出《で》かけ。

マンションを出《で》るとすぐ、うしろから白《しろ》い人影《ひとかげ》がついてくるのに気《き》づいた。背中《せなか》にはっきりと視線《しせん》も感《かん》じる。でも、心配《しんぱい》なし。そう、維衡《これひら》さん。

重家《しげいえ》さんに『垣間見《かいまみ》』をされたときとはおおちがいで、すごい安心《あんしん》です。

とはいえ、すぐに、いろいろと複雑《ふくざつ》な気持《きも》ちになってきた。

こうして見守《みまも》られるのはありがたいけど、なんだか鳥《とり》かごの中《なか》の小鳥《ことり》みたいだし。

それに維衡《これひら》さんにも申《もう》しわけなくて。だって、見《み》はってるっていうけど、夜《よる》はどうしてるんだろ。ちゃんとお家《うち》に帰《かえ》れてるのかな。ご飯《はん》だってどうやって食《た》べるんだろ。

いくら安倍晴明先生《あべせいめいせんせい》の命令《めいれい》だからって、維衡《これひら》さんだって高校生《こうこうせい》なんだもの、夏休《なつやす》みを楽《たの》しみたいはずだし。

なにより、となりに紫《ゆかり》さんがいないのが違和感《いわかん》ありまくり！　転校以来《てんこういらい》、紫《ゆかり》さんと歩《ある》くのがあたりまえみたいになってたから、さびしいを通《とお》りこして、つらいよ。

なんとかならないかな……。

って、そうだ！　紫《ゆかり》さんにうちに泊《と》まりにきてもらうっていうのはどう？

きのう、父《とう》ちゃん、帰《かえ》りがおそかったんだけど、けさもまた早《はや》くから石清水八幡宮《いわしみずはちまんぐう》に出《で》かけたんだよ。まだなにも見《み》つかっていないけど、調《しら》べたいことがいろいろあるんだって、うれしそうだった。

あれって、ほんとは泊《と》まりこみで調査《ちょうさ》をしたいんじゃないかな。でも、あたしをひとりでのこしておくわけにはいかないから、わざわざ帰《かえ》ってきたんだよ。

でも、もし紫《ゆかり》さんが泊《と》まりにきてくれたら？　あたしも父《とう》ちゃんも楽《たの》しいし、ボディーガード役《やく》の維衡《これひら》さんと道長先輩《みちながせんぱい》も、どちらかひとりが休《やす》めるんじゃない？

うん！　これはグッドアイデア！　あとで紫《ゆかり》さんに提案《ていあん》して……。

♪通《とお》りゃんせ、通《とお》りゃんせ〜
ここはどこの細道《ほそみち》じゃ〜　天神《てんじん》さまの細道《ほそみち》じゃ〜

ん？　女《おんな》の子《こ》たちの歌声《うたごえ》がする。あ、あの公園《こうえん》か。むかいあった二人《ふたり》の子《こ》が手《て》を高《たか》く組《く》んで、その下《した》をほかの子《こ》たちが一列《れつ》でくぐっていく。なんか楽《たの》しそう。

♪ちょっと通《とお》してくだしゃんせ〜　御用《ごよう》のない者《もの》、通《とお》しゃせぬ〜
　この子《こ》の七つのお祝《いわ》いに〜　お札《ふだ》を納《おさ》めにまいります〜

おお〜。さすがは平安京《へいあんきょう》の別世界《べっせかい》。きのう聞《き》いた『かごめかごめ』みたいに、メロディがめっちゃ和風《わふう》です。

♪行《い》きはよいよい、帰《かえ》りはこわい〜
　こわいながらも、通《とお》りゃんせ、通《とお》りゃんせっ！

歌《うた》が終《お》わった瞬間《しゅんかん》、手《て》を組《く》んでいた二人《ふたり》が、その手《て》をぱっとおろした。そのときちょうど真下《ました》にいたのは、おかっぱの女《おんな》の子《こ》。組《く》んだ手《て》のあいだにとじこめられそうになったんだけど、なぜか、女《おんな》の子《こ》はするりとその手《て》から逃《のが》れていて。
「あっ！　きみえちゃん、ずるーい！」
え？　きみえちゃん？　それってきのうの……。

「いま、わざと早足《はやあし》になったでしょ！」

「してないよ。ふつうに歩《ある》いてたよ。」

「歩《ある》いてません！　つかまりたくないからって、走《はし》って逃《に》げました！」

「逃《に》げてないよ。少《すこ》し早足《はやあし》で歩《ある》いたけど、それは急《きゅう》にじゃなくて最初《さいしょ》から。だって、わかってたんだもん、ふつうに歩《ある》いてたら、次《つぎ》はあたしが鬼《おに》になるって。」

「また、いいわけ！　きみえちゃん、いつもズルするし、いっしょに遊《あそ》びたくない！」

「ほんと、ほんと！　みんな、飛行機公園《ひこうきこうえん》に行《い》こう！　きみえちゃんは置《お》いて！」

女《おんな》の子《こ》たちは、そういったかと思《おも》うと、ぱっとかけだした。で、公園《こうえん》には、おかっぱの女《おんな》の子《こ》がひとりだけ、ぽつん。よく日《ひ》に焼《や》けたその顔《かお》は、いまにも泣《な》き出《だ》しそうで。

ああ、やっぱり、あの子《こ》、いじめられてたんだ。もう、ほっとけないよ。

「ねえ、ちょっと、あなた。だいじょうぶ？」

あたしは女《おんな》の子《こ》にかけよると声《こえ》をかけた。

「みんな、ひどいね。あなた、きのうもいじめられてなかった？　ほら、クリサンテーム学園《がくえん》の広場《ひろば》で、かごめかごめっていうのをしてたとき、うしろを盗《ぬす》み見《み》たっていわれて。」

すると女《おんな》の子《こ》、くりっとした目《め》で、あたしを見上《みあ》げて。

「盗《ぬす》み見《み》なんかしてないもん！　見《み》なくたって、うしろがだれか、わかるんだもん！」

「わかってるって。おねえちゃん、きみえちゃんが、かごめかごめをしているところ、見《み》てたもの。ウソつく子《こ》じゃないってこと、わかってるよ。」

そうしたら、きみえちゃんの顔《かお》がぱっとかがやいて。

「ほんとに？　じゃあさ、なにして遊《あそ》ぶ？」

へ？

「二人《ふたり》だから、通《とお》りゃんせも、かごめかごめもできないしなぁ。あ、せっせっせーのよいよいっていうの、やらない？」

「あ、ごめん。いま、遊《あそ》べないの。これから行《い》くところがあるから……。」

そのとたん、きみえちゃんのまゆ毛《げ》が八の字《じ》に。

「そんなぁ。それじゃあ、あたし、ひとりぼっちになっちゃうよぉ。」

「う、うん、それはそうなんだけどね……。」

ああ、まさか、こういう展開《てんかい》になるとは思《おも》わなかった……。

「だったら、おねえちゃんについてこっかなぁ。」

「えええ〜？　いや、でも、ついてきても、みんな、おねえちゃんと同《おな》じ年《とし》の人《ひと》だから、おもしろくないと思《おも》うよ。」

「でも、ひとりぼっちはいやだもん。ひとりぼっちはさびしいもん。」

ぐっ、ひとりぼっちって、なんで二回《かい》いったの？

そんな言葉《ことば》、ちびっ子《こ》にくりかえされたら、無理《むり》に置《お》いていけないでしょ……。

4 真夜中《まよなか》の密談《みつだん》

ピンポーン。

インターホンを鳴《な》らすとすぐ、ガチャリと玄関《げんかん》が開《ひら》いた。

「ヤッホ〜！　いらっしゃい、彩羽《いろは》〜。紫《ゆかり》はもう来《き》てる……。え？　なに、その子《こ》？」

「そ、それがね……。」

説明《せつめい》しようとするあたしの横《よこ》を、きみえちゃん、するり。

「クリサンテーム学園初等科《がくえんしょとうか》二年藤組《ねんふじぐみ》の近江《おうみ》きみえでーす！　おじゃましまーす！」

あ、名字《みょうじ》は近江《おうみ》っていうんだ。で、小学《しょうがく》二年生《ねんせい》なんだ。いま知《し》った……。

でも、そのときにはもう、きみえちゃん、靴《くつ》をぬいで、廊下《ろうか》のむこうへかけだしていて。

これには、いずみちゃん、ぽかーん。続《つづ》いて、リビングのほうではおどろきの声《こえ》。

で、それからの五分《ふん》は、紫《ゆかり》さんたち四人《にん》に、なにがあったかの説明《せつめい》タイム。

一方《いっぽう》、きみえちゃんは、リビングのイスにすわって、床《ゆか》にとどかない足《あし》をぶらぶらさせながら、いずみちゃんのママにもらったミルクとクッキーをもぐもぐタイム。

「……ふーん。彩羽《いろは》はやっぱり、やさしいなぁ。」

紫《ゆかり》さん、そのいいかた、半分《はんぶん》、いや、半分以上《はんぶんいじょう》、あきれてません？

「いいじゃありませんの。ああやって、おとなしくしてるし、置《お》いてあげましょうよ。」

アンちゃんがいうと、小夜《さよ》ちゃんも。

「なんか、子犬《こいぬ》をひろったみたいで楽《たの》しいよね。」

ほっ。よかった。みんなこそ、やさしい人《ひと》たちです。

「はぁい、それじゃあ、作戦会議《さくせんかいぎ》、はじめまーす！」

大《おお》きな声《こえ》をあげたいずみちゃん。

「だれがオーディションに参加《さんか》しようとしているのか、アンと小夜《さよ》といっしょに調《しら》べたんだけどぉ、梨組《なしぐみ》からは清菜《せいな》とその子分二人《こぶんふたり》、さらに藤組《ふじぐみ》、梅組《うめぐみ》、桐組《きりぐみ》からも一グループずつが出場《しゅつじょう》を考《かんが》えているらしいのよぉ。」

さらに、清菜《せいな》さんたちはわからないものの、藤組《ふじぐみ》チームは創作《そうさく》ダンス、梅組《うめぐみ》チームはヒップホップ、桐組《きりぐみ》はアイドルのヒット曲《きょく》で踊《おど》るそうで。

って、たった一日《にち》でそこまでつきとめるとは、おそるべし、三人《にん》の調査能力《ちょうさのうりょく》！

「でもさ、それって、ピントがずれてると思《おも》わない？」

「どうして？　だって、オーディションで選《えら》ぶのは、胡蝶《こちょう》の舞《まい》の舞人《まいびと》だろ？　踊《おど》りをアピールするのは当然《とうぜん》じゃないか。」

すると、いずみちゃん、チッチッチッと、人《ひと》さし指《ゆび》をふって。

「頭《あたま》の切《き》れる紫《ゆかり》さまも、今回《こんかい》ばかりは調査不足《ちょうさぶそく》ね～。いいこと？　オーディションから放生会《ほうじょうえ》まで、たったの二週間《しゅうかん》しかないんだよ。いくらなんでも、その期間《きかん》でふりつけがおぼえられるわけないじゃない。」

なるほど、いわれてみれば……。

「あたし、調《しら》べたんだよぉ。そしたらね、胡蝶《こちょう》の舞《まい》を舞《ま》う子《こ》は、ずっと前《まえ》から決《き》まっていて、すでに練習《れんしゅう》に練習《れんしゅう》を重《かさ》ねてるんだって。」

なんでも、放生会《ほうじょうえ》では、まず胡蝶《こちょう》の舞《まい》の衣装《いしょう》を着《き》た女子《じょし》たちが、神主《かんぬし》さんたちといっしょに、川《かわ》べで魚《さかな》を川《かわ》に放《はな》して、そのあと、川《かわ》にかかる橋《はし》の上《うえ》で舞《まい》を披露《ひろう》するらしく。

「でも去年《きょねん》が中止《ちゅうし》になったぶん、今年《ことし》は胡蝶《こちょう》の舞《まい》の衣装《いしょう》を着《き》た女子《じょし》を増《ふ》やして、より華《はな》やかにしよう、それには舞人《まいびと》と魚《さかな》を放《はな》す係《かかり》の女《おんな》の子《こ》は別《べつ》にしようってことになったのよ。つまり、オーディションの決《き》め手《て》は、ダンスが上手《じょうず》かどうかじゃなくて……。」

そこで、いずみちゃん、ぎろりと紫《ゆかり》さんを見《み》つめて。

「見《み》た目《め》よ！　ファッションよ！　衣装映《いしょうば》えする女子《じょし》なのよ！」

な、なるほど！　いやあ、いずみちゃん、するどいね！　こういうときのいずみちゃんは、ほんとに力強《ちからづよ》くてたのもしいよね。見《み》ていて、ほれぼれします。

「というわけで、あたしたちは浴衣《ゆかた》で勝負《しょうぶ》することにしますっ。」

浴衣《ゆかた》？　それって、日本《にほん》の夏祭《なつまつ》りとか花火大会《はなびたいかい》で着《き》る、あのかわいい着物《きもの》のこと？

「もちろん、ふつうには着《き》ないよ。小夜《さよ》のママに協力《きょうりょく》してもらうんだよ。」

すると、小夜《さよ》ちゃん、おずおずと口《くち》を開《ひら》いて。

「あたしのママ、着物《きもの》の着《き》つけの先生《せんせい》なの。いろいろなえらい人《ひと》のお着物《きもの》を選《えら》んだり、着《き》せてあげたりもしてるのよ。」

すると、そこで紫《ゆかり》さんが、あたしの耳《みみ》にささやいてきた。

「小夜《さよ》の母《かあ》さまは、お后《きさき》づきの女房《にょうぼう》だったんだよ。もちろん記憶《きおく》にはないだろうけど。」

「女房《にょうぼう》？」

「身分《みぶん》の高《たか》い女《おんな》の人《ひと》の身《み》のまわりの世話《せわ》をする女性《じょせい》のことだよ。といってもただの使用人《しようにん》じゃない。女房《にょうぼう》になれるのは、中流《ちゅうりゅう》から下流《かりゅう》とはいえ貴族《きぞく》の娘《むすめ》。服《ふく》の着《き》がえ一《ひと》つにしても、いつ、どんな服《ふく》を着《き》るべきかとか、高《たか》い教養《きょうよう》が必要《ひつよう》とされていたんだ。」

それはすごいね！　だったら、協力《きょうりょく》っていうのも、期待《きたい》できそうです。

「ママがね、みんなが浴衣《ゆかた》をもってきてくれたら、胡蝶《こちょう》の舞《まい》の衣装《いしょう》みたいに仕立《した》て直《なお》してあげるっていってるの。背中《せなか》にチョウチョの羽《はね》のかざりをつけるんだって。ただ、カラーコーディネートのことがあるから、何色《なにいろ》の浴衣《ゆかた》をもってくるか教《おし》えてって。」

え？　浴衣《ゆかた》をもってくる？　そ、それは……。

「じゃあ、五人《にん》で色《いろ》がかぶらないように、いま決《き》めよ！　あたしはピンク！」

いずみちゃんがいうと、アンちゃんと小夜《さよ》ちゃんは、それぞれブルーと藤色《ふじいろ》。

「じゃあ、あたしは紫《むらさき》にしようかな。紫《ゆかり》だけに。彩羽《いろは》は？」

「え？　ああ、あたしはいいよ。浴衣《ゆかた》、もってないし……。」

浴衣《ゆかた》は、日本《にほん》に来《く》る前《まえ》にテレビやネットで見《み》て、すっごく着《き》てみたかったんだよ。だけど、母《かあ》ちゃんの病気《びょうき》のこととか、いろいろあったし、ほしいとはいえなくて。

「アメリカ帰《がえ》りの彩羽《いろは》が浴衣《ゆかた》をもってないことぐらい、わかってるよ。あたしが聞《き》いたのは、あたしのを貸《か》してあげるから、何色《なにいろ》がいいのかってこと。」

紫《ゆかり》さん……。

「っていっても、かぶらない色《いろ》ってなると、あたしがもってる中《なか》では、黄色《きいろ》かな。ひまわりの花《はな》が模様《もよう》になってるんだけど、それでもいい？」

「も、もちろん！」

「はい、決《き》まりぃ！　じゃ、次《つぎ》にどういうフォーメーションでならぶかだけどぉ……。」

「浴衣《ゆかた》で勝《か》てるかなぁ。」

いずみちゃんをさえぎるように、きみえちゃんの声《こえ》がした。

「だって、清原《きよはら》さんのところの清菜《せいな》ちゃんたちも、浴衣《ゆかた》で出《で》るらしいよ。」

「はあ？　近江《おうみ》さん、いまなんて？」

「それも特別《とくべつ》の色《いろ》なんだって。一条先生《いちじょうせんせい》が若《わか》いとき、五節《ごせち》の舞姫《まいひめ》に選《えら》ばれたことがあって、そのときの衣装《いしょう》の色《いろ》に合《あ》わせるって話《はなし》。」

五節《ごせち》の舞姫《まいひめ》？　なにそれ？

「十一月《がつ》の勤労感謝《きんろうかんしゃ》の日《ひ》に街《まち》の一大《いちだい》イベントがあってさ。そこで女子《じょし》が四、五人《にん》選《えら》ばれて、『五節《ごせち》の舞《まい》』っていうのを披露《ひろう》するんだけど、その舞姫《まいひめ》に選《えら》ばれるのは、とてつもない名誉《めいよ》なんだ。美《うつく》しさだけじゃなくて、踊《おど》りとか性格《せいかく》とか教養《きょうよう》とかぜんぶ審査《しんさ》されるから。」

あ、それって、ミスコンみたいなやつ？

「まあな。ミスコンなんてルッキズムのかたまりみたいなもん、あたしは認《みと》めないけど。」

「そんなこと、いまはどっちでもいいの！」

いずみちゃん……。

「それより、近江《おうみ》さん、その情報《じょうほう》はどこで聞《き》いたの？」

「どこって、お友《とも》だちだけど。」

お友《とも》だち？　きみえちゃん、みんなから仲間《なかま》はずれにされてたのに？

「いずみさん、もし、それがほんとだとしたら大問題《だいもんだい》ですわ。」

アンちゃんが顔《かお》をくもらせた。

「オーディションの審査員《しんさいん》の中《なか》には、一条先生《いちじょうせんせい》もいらっしゃるのよ。お若《わか》いころの思《おも》い出《で》の衣装《いしょう》を目《め》にされたら、きっと心《こころ》を動《うご》かされるはずですわ。」

「っていうか、それこそが清菜《せいな》のねらいだろ。」

紫《ゆかり》さんが、苦々《にがにが》しそうに顔《かお》をしかめた。

「あいつは、そうやってとりいるのがほんとにうまいからな。」

「あああ！　どうしよう！　このままじゃ、負《ま》けちゃうかもぉ〜。」

いずみちゃんも、顔《かお》を真《ま》っ赤《か》にしてくやしがってる。

「だったら、十二単《じゅうにひとえ》にしたら？」

え？　また、きみえちゃん？

「浴衣《ゆかた》より十二単《じゅうにひとえ》のほうが派手《はで》だもん。アピールするんじゃないかなぁ。」

ちょっと、きみえちゃん、急《きゅう》になにをいいだすの？

でも、きみえちゃんの意見《いけん》、いずみちゃんの心《こころ》にはかなり刺《さ》さったようで。

「うん！　それはいい考《かん》えかもぉ！」

「どこがいい考《かん》えだよ。いま真夏《まなつ》だよ。こんなくそ暑《あつ》いときに十二単《じゅうにひとえ》なんて着《き》られるか。」

紫《ゆかり》さん、〝くそ暑《あつ》い〟だなんて、お言葉《ことば》がはしたなくていらっしゃるわよ。

でも、十二単《じゅうにひとえ》って着物《きもの》を十二枚重《まいかさ》ねて着《き》るんでしょ。たしかに、くそ暑《あつ》そう……。

「なにいってるの、ファッションはがまんなのぉ！　暑《あつ》い寒《さむ》いより見《み》た目《め》なのぉ！」

「それに、ほんとうに十二枚《まい》、重《かさ》ね着《ぎ》しているわけじゃないし。」

小夜《さよ》ちゃん？

「〝十二〟は〝たくさん〟っていう意味《いみ》で、実際《じっさい》はもっと少《すく》なくて、夏《なつ》は四、五枚《まい》。それに〝単《ひとえ》〟は裏地《うらじ》のない着物《きもの》で、中《なか》には透《す》けそうなぐらい薄《うす》いものもあるから、くそ暑《あつ》くはないって、ママから聞《き》いたことあるよ。」

小夜《さよ》ちゃん、ママは〝くそ暑《あつ》い〟とはいってないと思《おも》います。

「だとしても、そんなもん、だれももってないだろ？　どうするんだよ。」

そういう紫《ゆかり》さんに、アンちゃんもこまったようにうなずいて。

「いくら裏地《うらじ》のない着物《きもの》といっても、たとえば一枚《まい》一万円《まんえん》として、五枚《まい》で五万円《まんえん》。五人《にん》なら合計《ごうけい》二十五万円《まんえん》は必要《ひつよう》になりますわね。」

「な、いずみ。わかるだろ。そんなお金《かね》、どこにもないんだから、あきらめな。」

「あたしにまかせて！」

またまた、きみえちゃん？　まかせるって、どういうこと？

「おねえちゃんたち、あたしにやさしくしてくれたから、お礼《れい》をするの！」

あっけにとられるあたしたちをよそに、きみえちゃん、イスからすとんとおりて。

「おばちゃん、クッキー、ごちそうさまぁ！　おいしかったぁ！」

いずみちゃんのママにぺこりとおじぎをすると、玄関《げんかん》を飛《と》びだしていった。


三十分後《ぷんご》、作戦会議《さくせんかいぎ》は急《きゅう》に終《お》わりになった。

きみえちゃんが飛《と》びだしていったあと、なぜだか急《きゅう》にオーディションの話《はなし》がはずまなくなってしまい。それで続《つづ》きはまたあしたってことになったの。

「きみえちゃんって、不思議《ふしぎ》な子《こ》だね。」

いずみちゃんのマンションを出《で》たところで、あたしは紫《ゆかり》さんに語《かた》りかけた。

「あんなかわいい顔《かお》して、清菜《せいな》さんたちや一条先生《いちじょうせんせい》の情報《じょうほう》を知《し》ってたり、十二単《じゅうにひとえ》のほうがアピールするとか、とても小学《しょうがく》二年生《ねんせい》とは思《おも》えないよ。」

「いや、逆《ぎゃく》に、ちびっ子《こ》だからじゃない？」

「どういうこと？」

「知《し》ったかぶりってやつだよ。清菜《せいな》や一条先生《いちじょうせんせい》のことは、どこかで小耳《こみみ》にはさんだことをペラペラしゃべっただけなんじゃないかな。」

「十二単《じゅうにひとえ》のことは？　まかせてって、自信《じしん》たっぷりだったよ。」

「それこそ口《くち》からでまかせさ。別《べつ》に悪気《わるぎ》はないと思《おも》うけどね。あの子《こ》は、彩羽《いろは》にほんとにお礼《れい》をしたかったのさ。あのぐらいの年《とし》ごろの子《こ》は思《おも》いこみが激《はげ》しいからな。やってあげたいと思《おも》ったら、できないことでもやりますって、いっちゃうのさ。」

そうかなぁ……。

「そんなことより、あいつら、ほんと、うっとうしいよなぁ……。」

紫《ゆかり》さん、うしろにちらっと目《め》をやった。見《み》れば、少《すこ》し離《はな》れたところに白《しろ》い人影《ひとかげ》が二つ。

あ、道長先輩《みちながせんぱい》と維衡《これひら》さんのことね。って、そうだ、そのことで提案《ていあん》があるんだった！

「紫《ゆかり》さん、いきなりなんだけどさ。夏休《なつやす》みだし、うちに泊《と》まりにこない？」

あたしは、あたしたちがいっしょにいれば、ボディーガードの道長先輩《みちながせんぱい》たちも、少《すこ》しは楽《らく》になるんじゃないかと思《おも》ったことを話《はな》した。

「ふふ、彩羽《いろは》ってほんとにやさしいな。あんなやつらのことまで考《かんが》えてやるなんてさ。」

「あ、理由《りゆう》はほかにもあるの。父《とう》ちゃんが泊《と》まりがけで仕事《しごと》に行《い》きたがっているみたいなんだけど、あたしをひとり、のこしていくわけにもいかず……。」

「だったら、彩羽《いろは》がうちに泊《と》まりにきなよ。そのほうが、彩羽《いろは》の父《とう》さまも気楽《きらく》だろ。家《いえ》を完全《かんぜん》に空《から》っぽにできるわけだし。」

あ、なーるへそ！　それはナイスアイデア！

で、お家《うち》に帰《かえ》って父《とう》ちゃんにそのことを話《はな》すと、大賛成《だいさんせい》してくれて。なので、さっそく、お着《き》がえとか、必要《ひつよう》なものとかをそろえて、紫《ゆかり》さんのお家《うち》へ。

その道《みち》すがら、維衡《これひら》さんに近寄《ちかよ》ってお泊《と》まり計画《けいかく》のことを話《はな》すと、こちらもまた大喜《おおよろこ》び。やっぱりボディーガード、たいへんだったみたい。

紫《ゆかり》さんのお家《うち》では、お夕飯《ゆうはん》にいっしょにカレーライスを作《つく》って、紫《ゆかり》さんのお父《とう》さんと弟《おとうと》くんにふるまってあげたり、そのあとはテレビ見《み》たり、ゲームしたり。

そして、夜《よる》はもちろん、おしゃべり！　それも、一つのおふとんに二人《ふたり》で寝《ね》ながら！

最初《さいしょ》は、紫《ゆかり》さんのベッドの横《よこ》に、あたし用《よう》のおふとんをしいたんだけど、紫《ゆかり》さん、やっぱり上《うえ》からあたしを見《み》おろすのはいやだっていいだしたの。なので……。

「ああ、なんか、今日《きょう》は一日《いちにち》、いろんなことがあったな～！」

あおむけにねころんだあたし、顔《かお》だけ紫《ゆかり》さんのほうにむけると、鼻《はな》がくっつくぐらいのところに、紫《ゆかり》さんの顔《かお》が！

「今日《きょう》だけじゃないだろ。ここんところ、いろんな事件《じけん》がありすぎ。」

「いわれてみれば！　不思議《ふしぎ》なこと、思《おも》いがけないこと、こわいことも！　でもさ……。」

あたしは、寄《よ》り目《め》になっちゃいそうなくらい近《ちか》くの紫《ゆかり》さんの顔《かお》を見《み》つめた。

「なにが起《お》きても、紫《ゆかり》さんに会《あ》えたからいいやって、思《おも》えちゃうんだよね。」

だって、母《かあ》ちゃんを失《うしな》ってすぐ、生《う》まれて初《はじ》めての日本《にほん》、知《し》ってる人《ひと》がひとりもいない土地《とち》へひっこすのは、とっても心細《こころぼそ》かったんだよね。なのに、転校早々《てんこうそうそう》、なにがあっても守《まも》ってやるなんていってくれるお友《とも》だちに出会《であ》えたばかりか、こうして、まくらをならべて見《み》つめあってるなんて、夢《ゆめ》のようだもの。

「それはあたしも同《おな》じだよ、彩羽《いろは》。」

紫《ゆかり》さんは、大《おお》きな目《め》をしばたたいた。

「あたし、こういう性格《せいかく》だから、もともと友《とも》だちも少《すく》なくて。それに時滑《ときすべ》りをひきおこした負《お》い目《め》もあって、毎日《まいにち》すごくつらかったんだ。でも、彩羽《いろは》が現《あらわ》れて、あたしがやることなすこと、すごいすごいっていってくれて……。」

「だって、ほんとにすごいじゃん！」

「あたしのこと、たよりにしてくれて……。」

「だって、ほんとにたよりになるじゃん！」

「そのうえ、あたしのこと助《たす》けてくれて。こんなの、あたし、生《う》まれて初《はじ》めてで……。」

ちょ、ちょっと、紫《ゆかり》さん、なに泣《な》いてるの？

「だから、毎日思《まいにちおも》ってたんだ。ずっとこのままだったらいいのにって。」

「ずっとこのままだよ！　決《き》まってるでしょ！」

「でも、彩羽《いろは》の父《とう》さまが見《み》つけるかもしれない。」

え？

「兼家《かねいえ》がいってたろ。ドームが消《き》えたおかげで、彩羽《いろは》の父《とう》さまが時空《じくう》の穴《あな》とかいうのを探《さぐ》る研究《けんきゅう》が進《すす》むって。もしそれが見《み》つかったら、あたしたち、お別《わか》れかも……。」

「それは考《かんが》えすぎだよ、紫《ゆかり》さん。」

あたしはあわてて、さえぎった。

「父《とう》ちゃんの研究《けんきゅう》ははじまったばかりで、なんとなくこのへんかもっていうのはあっても、ただのカンだっていってたもの。それに、万《まん》が一《いち》、時空《じくう》の穴《あな》が見《み》つかっても、そのときはあたしもいっしょに行《い》くってことだし……。」

「そうかな？　それこそ、これはあたしのカンだけど、彩羽《いろは》は、彩羽《いろは》がもといた世界《せかい》にもどっちゃうような気《き》がするんだ……。」

長《なが》いまつげに涙《なみだ》のしずくをのせた目《め》は、あたしをとらえたまま、動《うご》かなかった。

「仮《かり》に、いっしょに平安時代《へいあんじだい》に行《い》けるとしても、それはそれで申《もう》しわけない気《き》がするし。だって平安時代《へいあんじだい》だぞ。電気《でんき》もガスもないんだぞ。家《いえ》にろくな壁《かべ》はなくて、冬《ふゆ》はめちゃめちゃ寒《さむ》いのに、暖房《だんぼう》は火鉢《ひばち》だけだぞ。移動《いどう》はすべて歩《ある》きで……。」

「ねえ、紫《ゆかり》さん……。」

「コンビニもレストランもないし、砂糖《さとう》もないから、チョコもアイスもなくて……。」

「紫《ゆかり》さん！」

あたしは、紫《ゆかり》さんの口《くち》に指《ゆび》をあてた。

「まだ起《お》きてもいないことを心配《しんぱい》するのは、やめよ。そんなの、紫《ゆかり》さんらしくないよ。」

「彩羽《いろは》……。」

「いまこうしていっしょにいられて、たぶんあしたもこのまま。それでいいじゃない。」

「あ、ああ……。たしかにそうだな……。」

「それより、紫《ゆかり》さんが書《か》いているお話《はなし》のこと、聞《き》かせて。ほら、ヒカルっていう、超絶《ちょうぜつ》イケメンさんのお話《はなし》。続《つづ》きはどうなるの？」

そうしたら、紫《ゆかり》さん、まつげの涙《なみだ》を指《ゆび》の先《さき》でぬぐってから、にっこり。

「実《じつ》はちょっと話《はなし》の展開《てんかい》につまってるんだよね。それで、ヒカルをちょっとピンチにしようかなって思《おも》ってるとこ。小説《しょうせつ》でもドラマでも、主人公《しゅじんこう》がいつも無敵《むてき》ってないだろ？　だからヒカルも事件《じけん》にまきこまれて、いまいる場所《ばしょ》にいられなくなって……。」

うす暗《ぐら》いお部屋《へや》の中《なか》で、紫《ゆかり》さんの声《こえ》に耳《みみ》をかたむけてるのって、とっても心《こころ》が落《お》ちつく。ほんと、ずっと、こうだったらいいのに……。


ふと目《め》がさめた。

もう朝《あさ》？　でもお部屋《へや》は暗《くら》いまま。すぐとなりでは紫《ゆかり》さんが静《しず》かに寝息《ねいき》を立《た》てている。

時計《とけい》を見《み》ると……、十二時半《じはん》？　ま、まずい。あたし、初《はじ》めて泊《と》まるところで、夜中《よなか》に目《め》がさめちゃうことが多《おお》いんだよね。で、すぐには寝《ね》つけないっていう。どうしよ……。

「……それはほんとうかね？」

ん？　リビングのほうで声《こえ》がしたよ。為時《ためとき》さんかな？

「はい。すでに物理学研究所《ぶつりがくけんきゅうじょ》の所員《しょいん》が何人《なんにん》も調査《ちょうさ》にむかいました。」

あれ？　いまの声《こえ》は友平《ともひら》さん？　でも、あたしたちが寝《ね》る前《まえ》にはいなかったよね。

それにしても、こんなおそくに、なんの話《はなし》をしてるんだろ？

「ということは、石清水《いわしみず》にタイムマシンを作《つく》ろうというのかね？」

「いいえ、そういう機械《きかい》はいらないそうです。くわしいことはわかりませんが、必要《ひつよう》なのは時空《じくう》の穴《あな》で、それが石清水八幡宮《いわしみずはちまんぐう》のあたりにあるのではないかと……。」

時空《じくう》の穴《あな》？　石清水八幡宮《いわしみずはちまんぐう》？　それって、父《とう》ちゃんのこと、話《はな》してる？

「……つまり、その穴《あな》から逆《ぎゃく》に平安時代《へいあんじだい》にもどれるということかね？　友平《ともひら》くん、それがほんとうなら、実《じつ》にまずいことだぞ。」

「はい、それだけは、なにがあっても阻止《そし》しないといけませんね。」

阻止《そし》……。そうか。友平《ともひら》さんや為時《ためとき》さんは、もとの時代《じだい》にもどしたくないんだものね。この新《あたら》しい時代《じだい》のまま、藤原一族《ふじわらいちぞく》が富《とみ》と権力《けんりょく》をにぎる時代《じだい》も終《お》わらせたいんだから。

「それには、なんとしても、わたしたちが先《さき》に時空《じくう》の穴《あな》を見《み》つけなければなりません。」

ああ、なんてこと……。あたしの父《とう》ちゃんと、紫《ゆかり》さんのお父《とう》さん、そしてあこがれの友《とも》平《ひら》さんが競争《きょうそう》することになるんだ……。

「しかし、物理学《ぶつりがく》にはまったくの素人《しろうと》のわれわれにそんなことができるのかね？」

「それについては考《かんが》えがあります。しかし、ほかにもっと大《おお》きな問題《もんだい》があるんです。」

「なんだね？」

「顕光《あきみつ》と、彼《かれ》の雇《やと》った例《れい》のかくれ陰陽師《おんみょうじ》です。彼《かれ》らの目的《もくてき》は、兼家《かねいえ》をこまらせ、力《ちから》を失《うしな》わせること。透明《とうめい》なドームが消《き》えたいま、また世間《せけん》を騒《さわ》がせようと、こんどは時空《じくう》の穴探《あなさが》しを利用《りよう》するような気《き》がするのです。同《おな》じ心配《しんぱい》を、安倍晴明先生《あべせいめいせんせい》も口《くち》にされていました。『顕光《あきみつ》が蘆屋道満《あしやどうまん》を雇《やと》っていたとは、やっかいなことになった。』と。」

「蘆屋道満《あしやどうまん》？」

「紫《ゆかり》さんのすがたを隠《かく》し、わたしをバラに襲《おそ》わせた、かくれ陰陽師《おんみょうじ》の名前《なまえ》です。安倍先生《あべせんせい》によれば、かくれ陰陽師《おんみょうじ》の中《なか》でも特《とく》に霊能力《れいのうりょく》が強《つよ》く、さらに神出鬼没《しんしゅつきぼつ》だそうです。ただ、道満《どうまん》には、ある目印《めじるし》があるそうです。それが、これです……。」

一瞬《いっしゅん》、静《しず》かになったのは、友平《ともひら》さんが、なにかを見《み》せてるから。

でも、もちろん、あたしからは見《み》えないので、もどかしい……。

「……これは、ロクボウセイだね。」

ロクボウセイ？

「道満《どうまん》がその力《ちから》を使《つか》う場所《ばしょ》には、かならずこの目印《めじるし》が現《あらわ》れるそうです。あの古《ふる》いビルでも見《み》つかったと、安倍先生《あべせんせい》はおっしゃっていました。つまり、前《まえ》もって、ロクボウセイが見《み》つかれば、そこで、なにか良《よ》からぬことが起《お》きると、わかるわけです。」

「よし、それなら、あしたから、わたしもしっかり目《め》を光《ひか》らせよう。しかし、友平《ともひら》くん、きみも十分《じゅうぶん》に気《き》をつけてくれたまえよ。」

「はい。先生《せんせい》も、ぜひ身《み》のまわりの目配《めくば》りをお忘《わす》れなく。」

友平《ともひら》さんが帰《かえ》ると、家《いえ》は静《しず》まりかえり、すぐにリビングの明《あ》かりも消《き》えた。

あたりは完全《かんぜん》な暗闇《くらやみ》につつまれた。けれど、なかなか寝《ね》つけなかった。

時空《じくう》の穴《あな》。蘆屋道満《あしやどうまん》。友平《ともひら》さん。父《とう》ちゃん。石清水八幡宮《いわしみずはちまんぐう》……。

頭《あたま》の中《なか》をたくさんの言葉《ことば》がかけめぐり、心《こころ》がざわざわしてならなかった。

5 十二単《じゅうにひとえ》でオーディション！

「彩羽《いろは》！　起《お》きて！　彩羽《いろは》ったら！」

へ？　あ、窓《まど》の外《そと》がめっちゃ明《あか》るい？

「おはよう、紫《ゆかり》さん。いま何時《なんじ》……。えっ、九時過《くじす》ぎ！　うわあ寝坊《ねぼう》した！」

ゆうべみたいに、おそくまで寝《ね》つけないと、必《かなら》ずこういうことに……。

「そんなことはいいんだよ。あたしだって、ついさっき起《お》きたんだから。それより急《いそ》いで着《き》がえて。いずみから電話《でんわ》があって、すぐ来《き》てくれっていってるんだ。」

いずみちゃんから？

「なんか、とんでもないものが届《とど》いたって、大興奮《だいこうふん》してたから、見《み》に行《い》こ！」

あたしは飛《と》び起《お》きると、光《ひかり》の速《はや》さでお着《き》がえ。顔《かお》は洗《あら》ったけど、ろくに髪《かみ》の毛《け》をとかしもせず、為時《ためとき》さんと惟規《のぶのり》くんに、おはようと叫《さけ》ぶと、五分後《ふんご》にはマンションの外《そと》へ。

「それにしても、とんでもないものって、なんだろう？」

「さあな。でも、あんなに興奮《こうふん》したいずみの声《こえ》、あたしもひさしぶりに聞《き》いたよ。」

そういわれると、よけいに知《し》りたくて、照《て》りつける太陽《たいよう》に汗《あせ》がふきだすのもかまわず、どんどん早足《はやあし》に。うしろからボディーガードについてくるのが、道長先輩《みちながせんぱい》なのか維衡《これひら》さんなのか、そんなこと、気《き》にするよゆうもなし。

ピンポーン。

ガチャッ！

いずみちゃん、玄関《げんかん》の内《うち》がわでずっと待《ま》ってたかのようにドアを開《あ》けると。

「入《はい》って！　早《はや》く！」

リビングのほうへ走《はし》っていく。あわててかけつけると、そこには、アンちゃんと小夜《さよ》ちゃんのすがたが。そして、その前《まえ》にあったのは……。

「な、なに、この着物《きもの》の山《やま》は？」

「十二単《じゅうにひとえ》よぉ！」

「ええっ？　それじゃあ、きみえちゃん、ほんとうに……。」

「あの子《こ》じゃないよ。これ、藤原兼家会長《ふじわらかねいえかいちょう》から、送《おく》られてきたんだから。」

「どういうことだよ。いずみの父《とう》ちゃん、兼家《かねいえ》となにか関係《かんけい》でもあるのか？」

「ぜんぜん。でも、お手紙《てがみ》が入《はい》ってたんだよ。ほら。」

いずみちゃんが差《さ》しだしたのは、見《み》るからに立派《りっぱ》な和紙《わし》の封筒《ふうとう》。中《なか》には、これまた、ほんもののお花《はな》をすきこんだ高級《こうきゅう》そうな和紙《わし》の便《びん》せんが一枚《まい》。

〈心《こころ》ばかりのお礼《れい》です。オーディション、がんばってください。兼家《かねいえ》〉

あたしは思《おも》わず紫《ゆかり》さんをふりかえった。紫《ゆかり》さんも顔《かお》をしかめている。

そんなあたしたちをよそに、いずみちゃんは息《いき》をはずませて。

「きっと、相撲節会《すまいのせちえ》のチアのこと、おぼえていてくれたんだよ。校長先生《こうちょうせんせい》は怒《おこ》ったけど、一条市長《いちじょうしちょう》はそんなことないって、処分《しょぶん》をとりけしてくれたでしょぉ。兼家会長《かねいえかいちょう》も同《おな》じ意見《いけん》だったんだよぉ。それで、こんどのオーディションも応援《おうえん》するって。」

ちがう。これは、紫《ゆかり》さんとあたしがドームを消《け》したことへのお礼《れい》。でも、あたしも紫《ゆかり》さんも十二単《じゅうにひとえ》をお礼《れい》にたのんだりはしてない。となると、考《かんが》えられるのはただひとり。

小二《しょうに》の近江《おうみ》きみえ。

これ、いじめられてたところを助《たす》けられたことへの恩返《おんがえ》しなんだよ。にしても、なぜ兼家《かねいえ》さんとあたしたちのあいだのことを知《し》ってるの？　きみえちゃんと兼家《かねいえ》さん、どういう関係《かんけい》？　そもそも、いったい何者《なにもの》なの、あの子《こ》？

紫《ゆかり》さんも同《おな》じことを考《かんが》えているのか、じっとだまりこんでいる。

でも、いずみちゃんもアンちゃんも小夜《さよ》ちゃんも、もう十二単《じゅうにひとえ》に夢中《むちゅう》で。

「ちゃんと五人分《にんぶん》、セットになっていますわ。問題《もんだい》はだれがどれを着《き》るかですけど、まずは、それぞれ希望《きぼう》を出《だ》しません？」

「あたしたちは、三人《にん》が選《えら》んだのこりでいいよ。」

紫《ゆかり》さんがそういうと、三人《にん》はさっそく、あれもすてき、こっちもきれいと、十二単選《じゅうにひとええら》びを開始《かいし》。そのすきに、紫《ゆかり》さんはあたしをリビングのすみにひっぱっていって。

「なんか、おかしなことになったな。あのきみえって子《こ》、兼家《かねいえ》の知《し》りあいだったのか？」

「ううん、そんなこと、なんにもいってなかったよ。でも、これって、まちがいなく、きみえちゃんが兼家《かねいえ》さんにたのんだことだよね。」

「うん……。まあ、いいや。それについては、あとで道長《みちなが》に聞《き》くとして。」

紫《ゆかり》さんは、そこで顔《かお》をしかめた。

「これ、か・な・り、おもしろくないんだけど。だって、これじゃあ兼家《かねいえ》の力《ちから》を借《か》りてオーディションに出《で》るみたいじゃないか。あたしは兼家《かねいえ》をやっつけたいのにさ。」

兼家《かねいえ》をやっつけたい——その瞬間《しゅんかん》、ゆうべ耳《みみ》にした為時《ためとき》さんと友平《ともひら》さんの会話《かいわ》がよみがえった。そして、思《おも》わず、こういいそうになった。

——だいじょうぶ。それは友平《ともひら》さんがもう考《かんが》えているから。兼家《かねいえ》さんたちより先《さき》に、時空《じくう》の穴《あな》を探《さが》して、時滑《ときすべ》りをもどすことを阻止《そし》しようとしているの。

もちろん、いわなかった。だって、それは父《とう》ちゃんのじゃまをするのと同《おな》じだもの。兼家《かねいえ》さんはどうでもいいけど、父《とう》ちゃんは別《べつ》。……だけど、それはつまり、あたしは紫《ゆかり》さんと父《とう》ちゃんの板《いた》ばさみになってるってことの証拠《しょうこ》でもあり。

「……といって、兼家《かねいえ》に対《たい》するあたしの気持《きも》ちは、いずみたちには関係《かんけい》ないしなぁ。」

あたしがぐるぐる考《かんが》えているあいだも、紫《ゆかり》さんはつぶやき続《つづ》けていた。

「あんなに興奮《こうふん》しているいずみたちを見《み》たら、〝あたしはオーディションに出《で》ない。〟なんて、いえないだろ？　ここは兼家《かねいえ》のことには目《め》をつぶって、十二単《じゅうにひとえ》を着《き》るとするか。」

紫《ゆかり》さん。あたしのことをやさしいっていってくれるけど、紫《ゆかり》さんも十分《じゅうぶん》やさしいよ。

だけど、そのやさしい紫《ゆかり》さんに、あたしはかくしごとをしてる。

そう思《おも》ったら、胃《い》がちくりといたんだ……。


とはいえ、そんなうしろめたさも、いったん頭《あたま》の片《かた》すみに押《お》しやられることになり。

なぜって十二単《じゅうにひとえ》を着《き》るだけで、とんでもない大騒《おおさわ》ぎになったからで。

「たいへん！　これは本格的《ほんかくてき》な十二単《じゅうにひとえ》だわ！　とてもひとりでは着《き》つけは無理《むり》よ。」

あとからやってきた小夜《さよ》ちゃんのお母《かあ》さん、山《やま》のような着物《きもの》に、目《め》をぱちぱち。

「いずみちゃんのお母《かあ》さまにも、手伝《てつだ》っていただかないと。」

「え？　うちのママ、着《き》つけができるのぉ？」

おどろくいずみちゃんの聞《き》こえないところで、紫《ゆかり》さん「できるよ。」とぼそり。

「いずみの母《かあ》さまも、平安時代《へいあんじだい》、天皇《てんのう》の娘《むすめ》の世話《せわ》をする女房《にょうぼう》だったんだ。おぼえてないだろうけど。」

そして、いよいよ十二単《じゅうにひとえ》の着《き》つけの開始《かいし》。最初《さいしょ》に着《き》ることになったのは、もちろん、自《じ》分《ぶん》から名乗《なの》り出《で》たいずみちゃん。

「最初《さいしょ》は、肌着《はだぎ》にあたる白《しろ》の小袖《こそで》を着《き》て、赤《あか》い袴《はかま》をはきます。」

小夜《さよ》ママが、いずみちゃんの正面《しょうめん》にひざ立《だ》ちになって、着《き》つけているあいだ、いずみちゃんのうしろでは、いずみママがせっせと着物《きもの》をたたんでは重《かさ》ねてる。どうやら着《き》る順《じゅん》番《ばん》どおりにしているようで、さすがはお姫《ひめ》さまづきの女房《にょうぼう》さん。ちゃんとわかってるんだね。

「では、いよいよ重《かさ》ね着《ぎ》の開始《かいし》。いちばん下《した》は濃《こ》い色《いろ》の単《ひとえ》から。」

いずみママが、背中《せなか》のほうから萌黄色《もえぎいろ》の単《ひとえ》を着《き》せると、正面《しょうめん》の小夜《さよ》ママが、赤《あか》いひもをうしろから前《まえ》にまわし、ちょうちょ結《むす》びにきゅっ。

「うっ……。」

いずみちゃんがうめいても、小夜《さよ》ママ、無視《むし》。

「次《つぎ》はうすい色《いろ》ね。ここからは単《ひとえ》じゃなくて袿《うちき》というのよ。」

いずみママがピンクの着物《きもの》を着《き》せると、また正面《しょうめん》で、小夜《さよ》ママが、ひもをまわして、きゅっとちょうちょ結《むす》び。いずみちゃんが「うっ……。」

「そして、重《かさ》ねる袿《うちき》の色《いろ》はだんだん赤《あか》を濃《こ》くしていくの。これが『紅匂《くれないにおい》』の襲《かさね》よ。」

襲《かさね》！　それって、色《いろ》を重《かさ》ねて楽《たの》しむってやつだよね。前《まえ》のお泊《と》まり会《かい》のとき、色紙《いろがみ》を重《かさ》ねる方法《ほうほう》で教《おし》えてもらったっけ。けれど、これは十二単《じゅうにひとえ》。ほんものの襲《かさね》なんだ！

感動《かんどう》しているあいだにも、小夜《さよ》ママといずみママ、ばつぐんのチームワークで、少《すこ》しずつ濃《こ》い赤《あか》の着物《きもの》を重《かさ》ね着《ぎ》させていく。

それにしても、おもしろいのはひもだよ。重《かさ》ねた着物《きもの》にひもをまわしてちょうちょ結《むす》びをしたあと、着物《きもの》の下《した》に手《て》をつっこんで、前《まえ》に結《むす》んだひもをぬくの。着物《きもの》を重《かさ》ね着《ぎ》させて、ひもで結《むす》んだら、その下《した》のひもをぬく。これのくりかえし。でも、それを知《し》ってちょっと安心《あんしん》。だって、もし一枚《まい》ずつひもで結《むす》んであったら、おトイレに行《い》くときどうするの？　いちいちぜんぶほどくなんて、たいへんすぎじゃない？

「それより、まだ終《お》わらないのぉ？　もう四枚《まい》も着《き》たよぉ……。」

あれ？　いずみちゃん、元気《げんき》ないような。

「ええ。夏《なつ》だから、袿《うちき》はここで終《お》わりよ。こんどは打衣《うちぎぬ》ね。」

また、一枚《まい》、重《かさ》ねて、ひもをきゅ。いずみちゃん「うっ……。」

「そして表着《うわぎ》を……。」

「えええっ？　まだあるのぉ？　うっ……。」

「はい、最後《さいご》に唐衣《からぎぬ》を着《き》てちょうだいね。まあ、赤地《あかじ》に菊《きく》の模様《もよう》がすてき！」

唐衣《からぎぬ》は、ほかの着物《きもの》より袖《そで》も丈《たけ》も短《みじか》くて、着《き》るというよりちょっと羽織《はお》るって感《かん》じ。それでもこれで七枚目《まいめ》。小夜《さよ》ママにほめられても、いずみちゃん、返事《へんじ》もできず。

って、あれ？　いずみママが、腰《こし》のうしろに、まだなにか着《き》せてるような。

「あれは裳《も》よ。平安時代《へいあんじだい》の女性《じょせい》の正装《せいそう》には欠《か》かすことのできないものなの。」

小夜《さよ》ちゃんママが説明《せつめい》してくれた。

「当時《とうじ》は、女性《じょせい》の顔《かお》はなるべく見《み》せないことになっていたから、部屋《へや》ですわったときや、牛車《ぎっしゃ》に乗《の》ったときには、裳《も》を外《そと》にたらして、自分《じぶん》の美《うつく》しさをアピールしたのよ。」

女子《じょし》の成人式《せいじんしき》も『裳着《もぎ》』っていって、裳《も》をつけるのが大人《おとな》になった印《しるし》だったんだって。

「それじゃあ、この檜扇《ひおうぎ》を手《て》にもって。はい、十二単《じゅうにひとえ》の完成《かんせい》でーす！」

「どうですか、いずみちゃん。平安《へいあん》のお姫《ひめ》さまになった感想《かんそう》は？」

いずみママも小夜《さよ》ママも、にこにこ顔《がお》。でも、いずみちゃんは……。

「ぐ、ぐるじい……。重《おも》い……。それに暑《あつ》い……。」

「『ファッションはがまんなのぉ！』っていったの、いずみだぞ。少《すこ》しはがんばれよ。」

紫《ゆかり》さん、くすくす笑《わら》ってる。と、ひもを手《て》にした小夜《さよ》ママが近《ちか》づいて。

「それじゃあ、次《つぎ》は紫《ゆかり》ちゃんに、がんばっていただこうかしら。」

「えっ？　いやいや、あたしはあとまわしでいいんですけど……。」


その日《ひ》、いずみちゃんの家《いえ》を出《で》たのは、おひさまがだいぶ西《にし》にかたむいてからだった。

なにしろ、五人《にん》の着《き》つけを完成《かんせい》させるだけで、お昼過《ひるす》ぎまでかかったし。脱《ぬ》いだら脱《ぬ》いだで、かたづけもひと苦労《くろう》。なにより、みんなぐったりつかれちゃって、なにをするにもスローモーション状態《じょうたい》で。

それでも、慣《な》れるってすごいもので、それから一週間《しゅうかん》、着《き》つけの練習《れんしゅう》を何回《なんかい》か重《かさ》ねるうち、着《き》せるママたちも、着《き》せられるあたしたちも、だんだん手際《てぎわ》がよくなってきて。

しかも、小夜《さよ》ママといずみママは、お友《とも》だちネットワークを使《つか》って、着《き》つけができる人《ひと》を八人《にん》も集《あつ》めてきたの。

『みんな、平安時代《へいあんじだい》の女房仲間《にょうぼうなかま》だったんじゃないのか。記憶《きおく》にはないんだろうけどさ。』

紫《ゆかり》さんはそういってたけど、とにかく、これでひとりにつき専任《せんにん》の着《き》つけ師《し》さんが二人《ふたり》ついたことになり、まさに、あたしたちはお姫《ひめ》さま状態《じょうたい》。

おかげで、オーディションの日《ひ》が近《ちか》づくにつれて、いずみちゃん、パワーアップ。

「十二単《じゅうにひとえ》、インパクトありまくり！　これなら、ぶっちぎりで勝《か》てるよ！」

それにあおられるように、みんなのやる気《き》もどんどん上《あ》がっていって。

特《とく》にあたしがびっくりしたのは、兼家《かねいえ》さんの力《ちから》を借《か》りているみたいでいやだっていってた紫《ゆかり》さんも、ある日《ひ》を境《さかい》に急《きゅう》にその気《き》になったことで。

『なんか、父《とう》さまが、あたしの十二単《じゅうにひとえ》すがたが楽《たの》しみだって、いいだしちゃってさ。』

紫《ゆかり》さんはそういってたけど、あたしの予想《よそう》では、友平《ともひら》さんだと思《おも》う。だって紫《ゆかり》さんの態《たい》度《ど》が変《か》わったのが金曜日《きんようび》。で、毎週木曜日《まいしゅうもくようび》は友平《ともひら》さんの家庭教師《かていきょうし》の日《ひ》だもの。

まあ、証拠《しょうこ》はないんだけどね。その日《ひ》、あたしは、父《とう》ちゃんが調査《ちょうさ》からもどってくるっていうので、いったん家《いえ》に帰《かえ》ったから。でも、まちがいないと思《おも》うな。

ただ、ほんとにわからないことが一つ。それは、きみえちゃんのこと。

十二単《じゅうにひとえ》が届《とど》いた日《ひ》の帰《かえ》り、紫《ゆかり》さんは道長先輩《みちながせんぱい》に、

『あんたの親父《おやじ》と、近江《おうみ》きみえっていう小二女子《しょうじょし》の関係《かんけい》、調《しら》べてくれない？』

って、たのんだんだけど、次《つぎ》の日《ひ》、返《かえ》ってきた答《こた》えは。

『親父《おやじ》はそんな子《こ》は知《し》らないって。十二単《じゅうにひとえ》を送《おく》ったのは、おまえたちから手紙《てがみ》が来《き》たからだっていってたぞ。』

そう聞《き》いたとき、あたしたち、思《おも》わず顔《かお》を見合《みあ》わせたっけ。だって、小二《しょう》のきみえちゃんが、あたしたちの筆跡《ひっせき》をまねて、手紙《てがみ》を書《か》けるはずないもの。

こうなったら、きみえちゃんに直接《ちょくせつ》聞《き》くしかない、と、あたしたちは街《まち》を歩《ある》いてみたけれど、きみえちゃんはおろか、きみえちゃんをいじめていた女子《じょし》たちのすがたも見当《みあ》たらず。

そんなわけで、謎《なぞ》は解《と》けないまま、七月三十一日《がつにち》、ついにオーディション当日《とうじつ》に！

「彩羽《いろは》さん、会場《かいじょう》をごらんになって？」

控《ひか》え室《しつ》がわりの教室《きょうしつ》に、アンちゃんが青《あお》い顔《かお》でとびこんできた。

「うん、見《み》た。あたしもびっくりしたよ。ランウェイになってるんだよね。」

オーディション会場《かいじょう》は、中《ちゅう》一と中《ちゅう》二の校舎《こうしゃ》。そう聞《き》いてはいたんだけど、さっき行《い》ってみたら、校舎《こうしゃ》と校舎《こうしゃ》のあいだをつなぐ渡《わた》り廊下《ろうか》みたいな、高《たか》さ一メートルぐらいの細長《ほそなが》いステージが作《つく》ってあったの。

その両側《りょうがわ》にはイスがならべてあるところといい、まさにファッションショーのランウェイそのもの。

「あんなところを歩《ある》くの、あたし、こわくて、足《あし》がふるえちゃいますわ……。」

消《き》え入《い》りそうな声《こえ》のアンちゃんに、いずみちゃんがすかさず、

「だめだめ、弱気《よわき》になっちゃや！　ブルッてるひまがあったら、フリの復習《ふくしゅう》をしてぇ！」

実《じつ》は、いくら豪華《ごうか》な十二単《じゅうにひとえ》でも、それを着《き》てるだけじゃ、さまにならないっていうので、ちょっとした踊《おど》りをすることになったの。

といって、十二単《じゅうにひとえ》は重《おも》いし、そもそも複雑《ふくざつ》なフリをおぼえる時間《じかん》もなし。なので、音楽《おんがく》に合《あ》わせて、両手《りょうて》を上《あ》げて体《からだ》を左右《さゆう》にゆすり、ゆっくりまわるだけなんだけど。

それでも、ダンスとかしたことないあたしには、最初《さいしょ》にまわるのは左《ひだり》か右《みぎ》か、それさえ忘《わす》れそうで……。

「出番《でばん》まであと一時間《じかん》よ！　着《き》つけをはじめましょう！」

小夜《さよ》ママの声《こえ》がけで、着《き》つけ係《がかり》のママさんたち、いずみちゃんや紫《ゆかり》さんたち、それぞれの担当《たんとう》に突進《とっしん》。これからしばらく、あたしたちは、着《き》せ替《か》え人形《にんぎょう》みたいに、ただじっと立《た》ってるだけってことになるわけで。

それにしても、平安時代《へいあんじだい》の貴族《きぞく》の娘《むすめ》さんは、毎日《まいにち》、こんな暮《く》らしだったのかな。というか、そもそも、ここにいる人《ひと》たち、あたし以外《いがい》は、全員《ぜんいん》、その時代《じだい》の人《ひと》なんだよね。

うーん、なんだか不思議《ふしぎ》な気分《きぶん》……。

「オーディション、はじまったみたいね。」

三枚《まい》めの袿《うちき》を身《み》につけたころ、小夜《さよ》ちゃんがつぶやいた。なるほど、教室《きょうしつ》の外《そと》から、元気《げんき》のいいヒップホップミュージックが聞《き》こえてくる。

あとしばらくしたら、あたしも、あのランウェイに立《た》つんだよね。

ああ、緊張《きんちょう》してきた。ドキドキする……。

それから三十分《ぷん》。コンコンとドアをノックする音《おと》がして。

「大江《おおえ》いずみさんチーム。次《つぎ》、出番《でばん》です。スタンバイ、お願《ねが》いします！」

呼《よ》び出《だ》しがかかったところで、いずみちゃん、みんなを見《み》まわした。

「それじゃあ、みんな、手《て》を出《だ》してぇ！」

アンちゃん、小夜《さよ》ちゃん、紫《ゆかり》さん、あたし、そして、いずみちゃんの順《じゅん》で手《て》を重《かさ》ねて。

「がんばるぞぉ！　ファイトぉ！」

「オウッ！」

十二単《じゅうにひとえ》でもこもこのＪＣ《ジェーシー》五人《にん》が気合《きあい》入《い》れだなんて、知《し》らない人《ひと》が見《み》たらふきだすだろうけど。でも、あたしたちは大《おお》まじめ。

「エントリーナンバー４。大江《おおえ》いずみさんチームの登場《とうじょう》です。」

アナウンスとともにシャッとカーテンを開《ひら》いた。

そのむこうには、まっすぐにのびる白《しろ》いランウェイ。

あたしたちは、びしっと背《せ》すじをのばし、きりっと表情《ひょうじょう》をひきしめる。

そして、アンちゃんを先頭《せんとう》に、ランウェイへ足《あし》をふみだすと。

「おおお〜。」

ど、どよめいてる……。

「十二単《じゅうにひとえ》とは、実《じつ》にいいじゃないか。」

「なんだか、なつかしいような、胸《むね》がいっぱいになるような、不思議《ふしぎ》な気分《きぶん》ですわ。」

ああ、そうか。審査員《しんさいん》さんたちの心《こころ》の奥《おく》には、平安時代《へいあんじだい》の記憶《きおく》が眠《ねむ》ってるのかも。

「先頭《せんとう》の子《こ》の、青色《あおいろ》の無地《むじ》に柳襲《やなぎがさね》をあしらった唐衣《からぎぬ》。あれはすてきね。」

「わたしは三番目《ばんめ》の方《かた》の、五重《いつえ》の菊襲《きくがさね》をあしらった唐衣《からぎぬ》がお気《き》に入《い》りですわ。」

三番目《ばんめ》っていうのは、いずみちゃん。ほめられた瞬間《しゅんかん》、全身《ぜんしん》から『やった！』オーラが出《で》たの、すぐうしろのあたしには、はっきりとわかった。

そして、五人《にん》が、二メートルずつあいだをあけてならんだところで、足《あし》を止《と》めると。

「すがたかたちといい、ふんいきといい、ちょっとだけ扇《おうぎ》からのぞく横顔《よこがお》といい、どの子《こ》も華《はな》やかできれい。まるで、天《てん》から舞《ま》いおりた乙女《おとめ》のようですわ！」

〝どの子《こ》も〟って、あたしも入《はい》ってる？　そんなふうにほめられたことないから、うれしいというより、めっちゃはずかしいよ。正直《しょうじき》、早《はや》く終《お》わってほしいです……。

と、そこで、スピーカーから、プッと音《おと》がして、音楽《おんがく》が流《なが》れる気配《けはい》が。

よかった！　ひと踊《おど》りすれば、ひっこめる！


♪通《とお》りゃんせ、通《とお》りゃんせ〜　ここはどこの細道《ほそみち》じゃ〜　天神《てんじん》さまの細道《ほそみち》じゃ〜


え？　曲《きょく》がまちがってない？

うしろで、紫《ゆかり》さんも「あっ。」と小《ちい》さく声《こえ》をあげてる。

でも曲《きょく》は止《と》まらず。しかも、いずみちゃん、すまし顔《がお》で踊《おど》りはじめてる。で、ゆっくりと左《ひだり》にまわりながら、ちらっとあたしたちを見《み》ると、口《くち》パクで。

「いいから、そのまま踊《おど》って！」

えええ？　そのままって……。予定《よてい》の音楽《おんがく》とちがうのに、どうやって？

でも、いずみちゃんの前《まえ》では、アンちゃんと小夜《さよ》ちゃんも何食《なにく》わぬ顔《かお》で踊《おど》っていて。

よ、よし。こうなったら、いずみちゃんのまねをして、踊《おど》るか……。

♪ちょっと通《とお》してくだしゃんせ～　御用《ごよう》のない者《もの》、通《とお》しゃせぬ～
　この子《こ》の七つのお祝《いわ》いに～　お札《ふだ》を納《おさ》めにまいります～

「フフフ……。」

ん？　いま、足《あし》もとから笑《わら》い声《ごえ》がしたよ。もしや、バカみたいって思《おも》われてるんじゃ。

「なるほど、ランウェイは天神《てんじん》さまへの細道《ほそみち》ということですか。考《かんが》えましたね。」

「石清水《いわしみず》がおまつりしているのは、天神《てんじん》さまではありませんが、まあ、いいでしょう。」

あ、笑《わら》われてるんじゃないんだ。審査員《しんさいん》さんたちの目《め》が、あたたかいもの。


♪行《い》きはよいよい、帰《かえ》りはこわい～　こわいながらも、通《とお》りゃんせ、通《とお》りゃんせ～


「おやおや、『帰《かえ》りはこわい』はちょっと縁起《えんぎ》でもありませんな。」

音楽《おんがく》が終《お》わった瞬間《しゅんかん》、審査員《しんさいん》さんたちのあいだで、どっと笑《わら》いがあがる。

けれど、それに続《つづ》いたのは、割《わ》れんばかりの拍手《はくしゅ》と歓声《かんせい》で。

う、うそでしょ。まさか、こんなにウケるとは、予想《よそう》もしてなかった……。

そして、二十分後《ぷんご》。

「優勝《ゆうしょう》はエントリーナンバー4、大江《おおえ》いずみさんチームと決定《けってい》しました！」

6 ♪うしろの正面《しょうめん》、だぁれ

「ねえ、次《つぎ》、なんの歌《うた》にするぅ？」

「もう歌《うた》いすぎて、知《し》ってる歌《うた》がありませんわ。」

「小夜《さよ》も……。」

オーディションでの大勝利《だいしょうり》から、ぴったり二週間後《しゅうかんご》の八月《がつ》十四日《か》。

あたしたちはいま、石清水八幡宮《いわしみずはちまんぐう》へむかうワゴン車《しゃ》の中《なか》。

車《くるま》には、運転手《うんてんしゅ》さんとあたしたち五人《にん》のほかに、引率《いんそつ》の一条定子先生《いちじょうさだこせんせい》も乗《の》っているんだけど、その一条先生《いちじょうせんせい》、助手席《じょしゅせき》からいずみちゃんたちをふりかえって。

「でしたら、少《すこ》し静《しず》かになさい。あなたたち、車《くるま》が走《はし》り出《だ》してから、ずっと歌《うた》い続《つづ》けじゃありませんか。」

「はぁい……。」

いずみちゃん、しゅんとしてる。

ああ、やっぱりしかられちゃったか。でも、たしかに、はしゃぎすぎかもね。

っていうか、あたしが不思議《ふしぎ》でならないのは、どうして窓《まど》の外《そと》のことが気《き》にならないんだろうってこと。だって、いままでは透明《とうめい》なドームがあったんだから、みやこ研究学園都《けんきゅうがくえんと》市《し》の外《そと》に出《で》るのは、これが初《はじ》めてのはずでしょ？

実際《じっさい》、ワゴン車《しゃ》のいちばんうしろの席《せき》にすわった紫《ゆかり》さんは、さっきからものもいわず、窓《まど》の外《そと》を食《く》い入《い》るように見《み》つめてるもの。

なのに、いずみちゃんたちはもちろん、一条先生《いちじょうせんせい》もなんの関心《かんしん》もしめさず。

これもマルチバースとやらの特徴《とくちょう》ってこと？　街《まち》の人《ひと》たちは、体《からだ》ごとなのか、意識《いしき》だけなのかはわからないけど、時空《じくう》を越《こ》えてきたんだよね。にもかかわらず、むかしの記憶《きおく》は意識《いしき》の底《そこ》に眠《ねむ》ったまま。街《まち》の外《そと》に出《で》られないことにも気《き》づかず、でも、街《まち》の形《かたち》は平安京《へいあんきょう》だし、方違《かたたが》えとか庚申待《こうしんま》ちとか百鬼夜行《ひゃっきやぎょう》とか、生活習慣《せいかつしゅうかん》も平安時代《へいあんじだい》のまま。

ほんと、わけわかんないです。

「いらっしゃるのかな……。」

ん？　だれ？

「こんどは見《み》ていただけるのかな……。」

あ、紫《ゆかり》さん？　窓《まど》におでこをあて、胸元《むなもと》に手《て》をやりながら、つぶやいてる。

「どうかしたの、紫《ゆかり》さん？　だいじょうぶ？」

紫《ゆかり》さん、はっとしたように顔《かお》を上《あ》げた。で、あたしに気《き》づくと、にっこり笑《わら》って。

「あ、だいじょうぶだよ。ほら、景色《けしき》がめずらしいっていうか……。」

「うん。そうだよね。初《はじ》めて見《み》るんだものね。」

そういって話《はなし》を合《あ》わせたけど、かえって心配《しんぱい》になった。

胸元《むなもと》をにぎって、遠《とお》くを見《み》ながら、悲《かな》しそうな顔《かお》をする。ほんの一瞬《いっしゅん》だけど。

最近《さいきん》、そんなことが、ときどきあるから。いつからはじまったのか、ずっとお泊《と》まりしてたら、気《き》づけたんだろうけど。さすがに十日以上《とおかいじょう》も泊《と》まり続《つづ》けるのも迷惑《めいわく》だろうと、オーディションのあと、いったん家《いえ》に帰《かえ》ることにしたので、わからなくて。

それでも毎日会《まいにちあ》って、おしゃべりしたり、いっしょに本《ほん》を読《よ》んだり、学園《がくえん》の宿題《しゅくだい》をしたりしてたんだけど、あるとき、あれっと思《おも》ったのが、そう、四、五日前《にちまえ》ぐらい……。

あ、考《かんが》えてみれば、五日前《いつかまえ》って、金曜日《きんようび》か。友平《ともひら》さんが家庭教師《かていきょうし》に来《く》る次《つぎ》の日《ひ》。

それじゃあ、あの表情《ひょうじょう》も友平《ともひら》さんに関係《かんけい》すること？

「なんか静《しず》かすぎるのも落《お》ちつかないなぁ。」

あれ？　紫《ゆかり》さん、いつもの調子《ちょうし》にもどってる。じゃあ、あたしの気《き》にしすぎ？

「先生《せんせい》、おしゃべりぐらいはいいでしょ？」

すると一条先生《いちじょうせんせい》も。

「そうね。あ、だったら、先生《せんせい》から質問《しつもん》させて。オーディションのとき、どうして『通《とお》りゃんせ』を流《なが》したの？　十二単《じゅうにひとえ》には、まるで似合《にあ》わないと思《おも》ったんだけど。」

「あれは、係《かかり》の人《ひと》がまちがえたんです！」

だまっているのがなによりつらいいずみちゃんが、弾《はじ》けるような声《こえ》をあげた。それで、あたしもふくめて、みんなの気分《きぶん》が一気《いっき》に明《あか》るくなって。

「ほんとうは、五節《ごせち》の舞《まい》の『大歌《おおうた》』を流《なが》す予定《よてい》だったんです。季節《きせつ》はずれだけど、なかなかいいじゃんって思《おも》ってもらえたら、秋《あき》に開《ひら》かれるほんものの五節《ごせち》の舞姫《まいひめ》にも、選《えら》んでもらえるかもって。」

え？　いずみちゃん、そんなこと、たくらんでたの？　知《し》らなかった……。

「それにしても『通《とお》りゃんせ』を流《なが》すことはないよな。」

口《くち》をはさんだのは紫《ゆかり》さん。さっきのうれいに満《み》ちた表情《ひょうじょう》は、もうそみたいに消《き》えていた。

「だって『通《とお》りゃんせ』には、こわい意味《いみ》があるっていうだろ？　〝この子《こ》の七つのお祝《いわ》いに〟って、七五三のお祝《いわ》いみたいだけど、実《じつ》は口減《くちべ》らしの歌《うた》だったかもって説《せつ》がさ。」

口減《くちべ》らし？

「昔《むかし》は作物《さくもつ》がとれなくなって、食《た》べものが不足《ふそく》すると、足手《あしで》まといの子《こ》どもを、よそへ売《う》ったり、ときには殺《ころ》したりさえした。それが口減《くちべ》らしさ。」

子《こ》どもを殺《ころ》すって……。

「昔《むかし》はさ、七歳《さい》までは神《かみ》の子《こ》で、まだ人間《にんげん》じゃないって考《かんが》えがあったんだ。だから神社《じんじゃ》に返《かえ》すって形《かたち》で口減《くちべ》らしをすれば、罪《つみ》に感《かん》じなかったんだよ。」

「神社《じんじゃ》に行《い》ったら、生《い》きて帰《かえ》れない。それで〝行《い》きはよいよい、帰《かえ》りはこわい〟って、紫《ゆかり》さま、そんなこわい話《はなし》しないでください……。」

小夜《さよ》ちゃん、青《あお》い顔《かお》をしてる。ところが反対《はんたい》に顔《かお》をかがやかせたのがアンちゃんで。

「子《こ》どもの遊《あそ》び歌《うた》って、実《じつ》はこわいものが多《おお》いんですのよ。あたくしが知《し》っているのは『かごめかごめ』ですわ。あの歌《うた》、意味不明《いみふめい》なところが多《おお》いでしょう？　〃夜明《よあ》けの晩《ばん》〃って、夜《よる》なのか朝《あさ》なのか、どっちやねんって感《かん》じですし、〃鶴《つる》と亀《かめ》がすべった〃も、なんでやねんって感《かん》じですし。」

アンちゃん、なぜ急《きゅう》に謎《なぞ》の関西弁《かんさいべん》になるのでしょうか。

「それで、歌《うた》の意味《いみ》について、山《やま》ほど説《せつ》があるんですの。中《なか》でもあたくしがこわいと思《おも》ったのは、〃かごの中《なか》のとりは〃のとりは、鳥《とり》でも鶏《にわとり》でもなく、神社《じんじゃ》の鳥居《とりい》のことだっていうお話《はなし》ですの。」

アンちゃんによれば、鳥居《とりい》は邪悪《じゃあく》な魂《たましい》や霊《れい》を追《お》いはらうもの。それが、かごの中《なか》に閉《と》じこめられているので、早《はや》く出《で》てきてくれって願《ねが》っているのが、〃いついつ、出《で》やる〃。

「ところが鳥居《とりい》が閉《と》じこめられているあいだに、悪《わる》いことが起《お》きてしまうんです。それも、とんでもないことが！　どのくらいとんでもないかっていうと、鶴《つる》と亀《かめ》という、おめでたいもののシンボルが二つとも、すべってころぶほどの！」

「そ、それで、〝うしろの正面《しょうめん》、だぁれ〟はどういう意味《いみ》なの？」

小夜《さよ》ちゃんがふるえながら、たずねると。

「悪《わる》いことをした人《ひと》が、うしろにかくれている。それをあてるってことですわ。」

そこでアンちゃん、ひときわ大《おお》きな声《こえ》をはり上《あ》げて。

「犯人《はんにん》はおまえだ！」

しーん……。

「いうほど、こわくなかったね。」

いずみちゃん、ぴしゃり。と同時《どうじ》に車《くるま》が止《と》まって、一条先生《いちじょうせんせい》がにっこり。

「はい、みなさん、つきましたよ。」

神社《じんじゃ》についてからは、大《おお》いそがしだった。

まず、お宮《みや》にお参《まい》りをして、宮司《ぐうじ》さんから石清水八幡宮《いわしみずはちまんぐう》のいわれや、放生会《ほうじょうえ》についてのお話《はなし》を聞《き》いて、それから、境内《けいだい》をあちこち見学《けんがく》……。

って、これだけで何時間《なんじかん》もかかった。なにしろ、ケーブルカーが通《とお》っているような山全《やまぜん》体《たい》が神社《じんじゃ》だもの。それに、エジソンが世界《せかい》で初《はじ》めて電球《でんきゅう》を発明《はつめい》したときに使《つか》った竹《たけ》が、この山《やま》からとれたとか、見学《けんがく》ポイントもいろいろで。

そして、見学《けんがく》のあとは、あたしたちの最大《さいだい》の目的《もくてき》の放生会《ほうじょうえ》のリハーサル。でも、金魚《きんぎょ》や鳩《はと》を放《はな》つ場所《ばしょ》が、またお宮《みや》からはずっとはなれた、『一《いち》ノ鳥居《とりい》』の外《そと》。そこまで行《い》くのにも、それなりに時間《じかん》がかかって。

それでも、いずみちゃんたちは、おおはしゃぎ。

「見《み》て！　あちこちに幟《のぼり》がいっぱい立《た》ってる！」

「川《かわ》にかかる橋《はし》が、昔《むかし》ながらの木《き》の太鼓橋《たいこばし》ですわ！　風情《ふぜい》があってすてき！」

「お祭《まつ》りはあしたなのに、もう見物《けんぶつ》の人《ひと》が集《あつ》まりはじめてる！」

目《め》を見《み》はる小夜《さよ》ちゃんに、案内《あんない》をしてくれたおじさんがにっこり。

「千数百年前《せんすうひゃくねんまえ》から続《つづ》く、由緒《ゆいしょ》ある行事《ぎょうじ》ですからね、それはもうたくさんの人《ひと》がお見《み》えになりますよ。あしたはみなさん、注目《ちゅうもく》の的《まと》ですよ。」

それを聞《き》いたいずみちゃん、思《おも》わず、きゃっと声《こえ》をあげてる。無理《むり》もありません。いずみちゃんにとって、〝注目《ちゅうもく》される〟ことが、人生最大《じんせいさいだい》の目的《もくてき》だもの。

「あした、みなさんには、あそこから〝放魚《ほうぎょ》〟を行《おこな》ってもらいます。」

おじさんは堤防《ていぼう》をおりた先《さき》に、川《かわ》にはりだすように作《つく》られた木《き》の台《だい》を指《ゆび》さした。

「あそこに立《た》って、金魚《きんぎょ》を川《かわ》に放《はな》してもらいます。こんなふうに。」

おじさんが見《み》せてくれたのは、おとしの放生会《ほうじょうえ》の写真《しゃしん》。かわいい女《おんな》の子《こ》たちが、川《かわ》のほとりにしゃがんで、たらいに入《はい》った金魚《きんぎょ》を流《なが》している。

「うわぁ、この衣装《いしょう》、なんど見《み》ても、めっちゃかわいいよぉ！」

たしかに。白《しろ》の袴《はかま》に緑《みどり》の着物《きもの》。頭《あたま》には黄色《きいろ》いお花《はな》をさした冠《かんむり》。着物《きもの》には、赤《あか》や青《あお》、黄《き》色《いろ》のまるい模様《もよう》があちこちについている。大《おお》きな袖《そで》をひろげれば、背中《せなか》につけたカラフルな羽《はね》と合《あ》わせて、ほんとうにチョウチョの化身《けしん》みたいに見《み》えそう。

「衣装合《いしょうあ》わせはこのあといたしますが、当日《とうじつ》は、お化粧《けしょう》もしていただきますよ。うすく白《しろ》塗《ぬ》りをして、目《め》のまわりをピンクに、くちびるには紅《べに》をさしてね。」

「うわーん、もう最高《さいこう》〜！」

いずみちゃん、興奮《こうふん》しすぎでは？

とまあ、こんな感《かん》じだったので、今夜《こんや》泊《と》まる宿《やど》にもどって、お夕飯《ゆうはん》を食《た》べたあとは、いずみちゃんだけでなく、あたしたち全員《ぜんいん》、くたくた。

「放魚《ほうぎょ》は午前《ごぜん》八時《じ》ごろに行《おこな》われるそうですから、準備《じゅんび》を考《かんが》えると、五時《じ》には起《お》きないといけませんね。今晩《こんばん》は早《はや》く寝《ね》たほうがいいですよ。」

一条先生《いちじょうせんせい》にいわれなくても、そうしまーす。

そして、夜《よる》も九時《じ》を少《すこ》し過《す》ぎたころ。

寝《ね》る前《まえ》に歯《は》を磨《みが》こうと、洗面所《せんめんじょ》へ行《い》くと、あとから紫《ゆかり》さんが入《はい》ってきて。

「彩羽《いろは》、寝《ね》る前《まえ》にちょっと散歩《さんぽ》しない？」

「え？　いまから？　だって、外《そと》はもう暗《くら》くない？」

「そうでもないよ。石清水祭《いわしみずさい》って、真夜中《まよなか》からはじまるらしいから、人《ひと》はけっこう出《で》てるし、照明《しょうめい》もあるんだ。それに……。」

紫《ゆかり》さん、上目《うわめ》づかいにあたしを見《み》て。

「話《はなし》があるんだよ。……だれもいないところで。」

ピンときた。友平《ともひら》さんのことだなって。

「わかった。じゃあ、行《い》こ。」

あたしたちは洗面所《せんめんじょ》を出《で》ると、そのままロビーへ。一条先生《いちじょうせんせい》がいないのをたしかめると、さささっと、宿《やど》の外《そと》へ出《で》た。

紫《ゆかり》さんのいったとおり、通《とお》りはたくさんの照明《しょうめい》でけっこう明《あか》るかった。それに、さすがは千数百年《せんすうひゃくねん》の歴史《れきし》を誇《ほこ》るお祭《まつ》り、人通《ひとどお》りもすごく多《おお》い。これなら、JC《ジェーシー》二人《ふたり》が散歩《さんぽ》しててても、あんまり目立《めだ》たないかも。でも、紫《ゆかり》さんにはそれが気《き》に入《い》らないようで。

「これじゃ、落《お》ちついて話《はな》せないな。あっちへ行《い》こう。」

紫《ゆかり》さんがむかったのは川《かわ》。夕方《ゆうがた》、放魚《ほうぎょ》のリハーサルをやった台《だい》のほうへ歩《ある》いていく。

行《い》ってみると、堤防《ていぼう》の上《うえ》には大《おお》きなフェンスがいくつもならべてあった。こんなもの、さっきはなかったから、見物《けんぶつ》のお客《きゃく》さんが台《だい》のほうへおりていかないようにするためのものなのかも。

ただ、フェンスといっても、お祭《まつ》りのふんいきをこわさないためか、竹《たけ》を編《あ》んで作《つく》った和風《わふう》なもの。六角形《ろっかくけい》の編《あ》み目《め》が川沿《かわぞ》いの道《みち》の街灯《がいとう》に映《は》えて、とってもきれい。

「竹垣《たけがき》のむこうなら、静《しず》かだろうな。」

紫《ゆかり》さんが、ぽつりとつぶやいた。で、フェンスとフェンスのすきまに手《て》をかけて、力《ちから》まかせにぐいって押《お》しあけたかと思《おも》うと。

「彩羽《いろは》、先《さき》に行《い》きな。」

「う、うん……。」

いきおいにのまれたあたし、やめたほうがいいともいえず、すきまをすりぬけた。紫《ゆかり》さんもすぐにやってきて、そのまま先《さき》に立《た》って堤防《ていぼう》をおりていく。

「うん、ここなら静《しず》かでいいや。」

放魚《ほうぎょ》の台《だい》の上《うえ》に立《た》った紫《ゆかり》さん、川《かわ》を背《せ》にしてあたしをふりかえった。

「あのさ、話《はなし》っていうのは……。」

「友平《ともひら》さんのこと？」

うす闇《やみ》の中《なか》で、紫《ゆかり》さんが目《め》を見《み》はるのがわかった。

「どうして、それを……。」

「それぐらいわかるよ。お友《とも》だちなんだから。」

「お友《とも》だち……。」

紫《ゆかり》さんの顔《かお》が、一瞬《いっしゅん》、ほころんだのがわかった。

「紫《ゆかり》さん、最近《さいきん》、顔《かお》をくもらせることがあるけどどうしたんだろうって、気《き》になってたんだけどさ。さっき気《き》づいたの。それ、先週《せんしゅう》、友平《ともひら》さんの家庭教師《かていきょうし》の日《ひ》のあとからだって。」

すると、紫《ゆかり》さんの顔《かお》がまたくもって。

「うん。そう。友平《ともひら》さまのこと。でも、彩羽《いろは》には関係《かんけい》のないことだと思《おも》ったから、だまってたんだ。でも、今日《きょう》になって気《き》づいたことがあって。」

今日《きょう》になって？　でも、今日《きょう》は特《とく》になにも起《お》きてないと思《おも》うけど。

「実《じつ》は、先週《せんしゅう》の木曜《もくよう》の家庭教師《かていきょうし》のあと、友平《ともひら》さまから、これをいただいたんだ。」

紫《ゆかり》さんがブラウスのボタンを一つはずした。そこに現《あらわ》れたのは、☆のペンダント。

「それ、いつも友平《ともひら》さんがつけている、あのペンダント？」

「うん。その場《ば》で外《はず》して、あたしにくださったんだ。『オーディションを見《み》に行《い》けなくてごめんなさい。おわびの印《しるし》にこれを。』って。」

「おわびに？」

「彩羽《いろは》もおかしいと思《おも》うだろ？　あたしもさ。そりゃあ、友平《ともひら》さまが身《み》につけていた五芒《ごぼう》星《せい》をプレゼントされたのは、うれしかったけどさ……。」

「ゴボウセイ？　それ、ゴボウセイっていうの？」

とつぜん大《おお》きな声《こえ》をあげたあたしに、紫《ゆかり》さんがぎょっとした顔《かお》をした。

「え？　ああ、そうだよ。『芒《ぼう》』という漢字《かんじ》は〝とげとげ〟とか〝刀《かたな》の先《さき》〟を表《あらわ》すんだ。ほら、この☆も、とがっているところが五つあるだろ？　それで『五芒星《ごぼうせい》』。むかしから、魔《ま》よけとして使《つか》われるんだ。」

魔《ま》よけ？　五芒星《ごぼうせい》が？　うーん、ひっかかる……。

魔《ま》よけってところもだけど、ゴボウセイみたいな言葉《ことば》を、どこかで聞《き》いたような……。

「なによりひっかかったのは『石清水祭《いわしみずさい》は見《み》に行《い》きますから、そのときには必《かなら》ずつけてくださいね。』って、つけくわえたことさ。石清水祭《いわしみずさい》のときにはって、どういう意味《いみ》だろって。それをずっと考《かんが》えてたんだけど、アンの話《はなし》でわかったんだ。」

「アンちゃんの話《はなし》？」

「かごめかごめの話《はなし》だよ。今日《きょう》、ここへ来《く》る車《くるま》の中《なか》で話《はな》してたろ？」

あ。

「あれは、邪悪《じゃあく》な魂《たましい》や霊《れい》を追《お》いはらう鳥居《とりい》が閉《と》じこめられているあいだに、とんでもなく悪《わる》いことが起《お》きたことについての歌《うた》だって。そして、最後《さいご》の〝うしろの正面《しょうめん》、だぁれ〟は、そのとんでもなく悪《わる》いことをした人《ひと》をいいあてることだって。あれはさ……。」

紫《ゆかり》さんは、いったん息《いき》をついてから、続《つづ》けた。

「時滑《ときすべ》りと、それをひきおこしたあたしのことをいってるんだよ。」

「紫《ゆかり》さん……。」

「だって、そうだろ？　ここは神社《じんじゃ》だよ。大《おお》きな鳥居《とりい》がいくつもあるだろ？　でも、それが閉《と》じこめられてるのかもしれない。どういうことかはわからないけど。とにかく、だとしたら、あたしになにか起《お》きるんだよ。おまえが時滑《ときすべ》りを起《お》こした犯人《はんにん》だって……。」

「紫《ゆかり》さん……。」

「でも、友平《ともひら》さまはそれを知《し》ってらした。それで、魔《ま》よけの五芒星《ごぼうせい》をつけろって、おっしゃったんだよ。でも、それが効《き》くかどうかはわからない。だからさ、彩羽《いろは》。あしたはあたしに近《ちか》づくな。っていうか、今夜《こんや》、ひとりで街《まち》に帰《かえ》ろうかと……。」

「紫《ゆかり》さん、それより聞《き》いて。五芒星《ごぼうせい》があるなら、六芒星《ろくぼうせい》もあるの？」

とつぜん関係《かんけい》ない質問《しつもん》をされて、紫《ゆかり》さん、ぽかん。

でも、あたしは強《つよ》くせまった。いままで紫《ゆかり》さんにむかってしたことがないほど強《つよ》く。

「教《おし》えて！　六芒星《ろくぼうせい》ってあるの？」

紫《ゆかり》さんが、こくこくっとうなずいた。

「上《うわ》むきの△と下《した》むきの▽を組《く》み合《あ》わせたやつだよ。別名《べつめい》『籠目紋《かごめもん》』ともいって……。」

「かごめ!?」

「うん。ほら、堤防《ていぼう》の上《うえ》にあった竹垣《たけがき》。あれの編《あ》み目《め》がそうさ。木《き》の皮《かわ》を編《あ》んでかごを作《つく》るときに、編《あ》み目《め》が六角形《ろっかくけい》の星形《ほしがた》になることから『籠目紋《かごめもん》』って……。」

♪かーごめ　かごめ

どこかから歌《うた》が聞《き》こえてきた。小《ちい》さな女《おんな》の子《こ》の歌声《うたごえ》が。

「な、なんだ？」

紫《ゆかり》さんもあたしも、びっくり。そして、あたりをきょろきょろ。

でも、あたりはぼんやりと暗《くら》くて、人《ひと》がいる気配《けはい》もない。
でも、歌声《うたごえ》は続《つづ》いて。

♪かごのなかの鳥《とり》は　いつ　いつでやる

待《ま》って。この歌声《うたごえ》、あの子《こ》じゃない？　そう、近江《おうみ》きみえちゃん。
でも、どこにいるの？　いや、どうして歌《うた》ってるの？
……ま、まさか、紫《ゆかり》さんにむけて、歌《うた》ってる？
時滑《ときすべ》りを起《お》こしたのは、おまえだって、歌《うた》ってる？
そのために、あたしに近《ちか》づいたわけ？　かごめかごめの歌《うた》で？
十二単《じゅうにひとえ》のことも、あたしたちをここへおびきよせるため……。

♪夜明《よあ》けのばんに　つるとカメが　すーべった

あたしは、そこで、おそろしいことに気《き》づいた。

紫《ゆかり》さんのうしろ。放魚《ほうぎょ》のために、川《かわ》につきでた木《き》の台《だい》。

そこに、満月《まんげつ》の光《ひかり》を受《う》けた竹垣《たけがき》の影《かげ》が落《お》ちていた。

竹垣《たけがき》の編《あ》み目《め》は籠目紋《かごめもん》。その形《かたち》は六芒星《ろくぼうせい》。蘆屋道満《あしやどうまん》の印《しるし》。

その影《かげ》が、紫《ゆかり》さんと川《かわ》のあいだに、数《かぞ》えきれないほどたくさん映《うつ》っていた。

「ゆ、紫《ゆかり》さん……。う、うしろ……。」


♪うしろの正面《しょうめん》、だーれ？


歌《うた》が終《お》わった瞬間《しゅんかん》。

ドタドタドタ！

堤防《ていぼう》の上《うえ》から足音《あしおと》が聞《き》こえた。ふりかえると黒《くろ》い影《かげ》がかけおりてくる。

影《かげ》がむかっているのは、台《だい》の上《うえ》に立《た》つ紫《ゆかり》さん。

「紫《ゆかり》っ！　逃《に》げろっ！」

男《おとこ》の人《ひと》のどなり声《ごえ》がした。でも、そのときにはもう人影《ひとかげ》は紫《ゆかり》さんの体《からだ》にぶつかっていて。

バッシャーン！

「ゆ、紫《ゆかり》さんっ！」

大《おお》きな水音《みずおと》に、あたしは木《き》の台《だい》のはしへかけよった。

台《だい》の下《した》の水《みず》が光《ひか》っていた。暗《くら》い川《かわ》の中《なか》で、大《おお》きくうずをまいて、かがやいていた。

うずの中《なか》に人《ひと》がいた。顔《かお》は細《ほそ》く、色《いろ》が白《しろ》くて、目《め》の大《おお》きな男《おとこ》の人《ひと》がいた。

片手《かたて》をつきだし、顔《かお》を夜空《よぞら》にむけ、ぐるぐるまわりながらのみこまれていく。

「友平《ともひら》さまっ！」

あたしのうしろで、紫《ゆかり》さんの悲鳴《ひめい》があがった。

エピソードの元《もと》ネタ、彩羽《いろは》が教《おし》えちゃいまーす！

安倍晴明先生《あべせいめいせんせい》と鬼一丸《きいちまる》くんの神通力《じんつうりき》！（16ページ）

白犬《しろいぬ》の鬼一丸《きいちまる》くんが呪物《じゅぶつ》をかぎわけ、それをしかけた悪《わる》い陰陽師《おんみょうじ》のいどころを安倍晴明先《あべせいめいせん》生《せい》が霊能力《れいのうりょく》でつきとめる――あの驚愕《きょうがく》のエピソードは、ほんとうに『宇治拾遺物語《うじしゅういものがたり》』というむかしの本《ほん》に出《で》てくるんですって。ちがうのは、道長先輩《みちながせんぱい》が大人《おとな》になってからのお話《はなし》だってことと、白犬《しろいぬ》は安倍先生《あべせんせい》じゃなくて、道長先輩《みちながせんぱい》の飼《か》い犬《いぬ》だってこと。

安倍先生《あべせんせい》が紙《かみ》を鳥《とり》に変《か》えるシーンはこんなふうらしく。

「ふところから紙《かみ》をとり出《だ》し、鳥《とり》の形《かたち》に折《お》ってから、呪文《じゅもん》をかけて空《そら》へ投《な》げると、あっというまに白鷺《しらさぎ》に変《か》わって、南《みなみ》のほうへ飛《と》んでいった。そのあとを家来《けらい》に追《お》わせると、白鷺《しらさぎ》は六《ろく》条坊門万里小路《じょうぼうもんまでのこうじ》のあたりの、古《ふる》い家《いえ》の戸《と》のむこうへ落《お》ちた。そこにいたのは……。」

その正体《しょうたい》は次《つぎ》の巻《かん》で明《あき》らかになるので、お楽《たの》しみに～。ちなみにその悪《わる》い陰陽師《おんみょうじ》を表《あらわ》す紋《もん》章《しょう》は六芒星《ろくぼうせい》で、安倍晴明《あべせいめい》の紋章《もんしょう》は五芒星《ごぼうせい》らしいんだけど、それって……。

まさかの「きみえちゃん」が登場《とうじょう》!?（137ページ）

「え？　あのシリーズから〝きみえちゃん〟がタイムスリップ？」残念《ざんねん》でした！「近江《おうみ》きみえ」ちゃんのモデルは、源氏物語《げんじものがたり》に出《で》てくる「近江《おうみ》の君《きみ》」という女《おんな》の子《こ》です。かわいくて元気《げんき》いっぱいな子《こ》なのに、紫式部《むらさきしきぶ》さんは、空気《くうき》が読《よ》めず、ずけずけとものをいうので、みんなに笑《わら》われ、お父《とう》さんにまできらわれてしまう残念《ざんねん》キャラとして描《えが》いているそうで。って、ざんねん、ざんねん、ざんねんって、やっぱりあの〝きみえちゃん〟にそっくり？

今回《こんかい》も枕草子《まくらのそうし》ネタがいろいろあったようで……

「『削《けず》り氷《ひ》にあまづら入《い》れて、新《あたら》しき金《かな》まりに入《い》れたる。』」（150ページ）

元《もと》ネタは枕草子《まくらのそうし》第《だい》三十九段《だん》「貴《あて》なるもの（＝上品《じょうひん》だと思《おも》うもの）」。かき氷《ごおり》のほかには、〝水晶《すいしょう》の数珠《じゅず》〟、〝藤《ふじ》の花《はな》〟、〝雪《ゆき》の降《ふ》りかかった梅《うめ》の花《はな》〟、〝幼《おさな》い子《こ》がまっ赤《か》なイチゴを食《た》べているところ〟、などなど清少納言《せいしょうなごん》の美学《びがく》が炸裂《さくれつ》してます！。

・「ところが同情《どうじょう》しすぎると、かえって涙《なみだ》って出《で》てこないのね。あれにはこまったわ。」（71ページ）
元《もと》ネタは枕草子《まくらのそうし》第《だい》百二十三段《だん》の「はしたなきもの（＝ばつが悪《わる》いもの）」。ほかにも、他人《たにん》が呼《よ》ばれたのに自分《じぶん》かと思《おも》ってしゃしゃり出《で》ちゃったとき、とか、なにげなくいった悪口《わるくち》を子《こ》どもがおぼえていて、本人《ほんにん》がいるところで口《くち》に出《だ》しちゃったとき、とか。たしかにばつが悪《わる》い！　清少納言《せいしょうなごん》さん、するどいな〜。

・「遠《とお》くて近《ちか》いものは男女《だんじょ》の仲《なか》っていうし。」（74ページ）
枕草子《まくらのそうし》第《だい》百六十七段《だん》には、まだ先《さき》のことだと思《おも》っているけど、あんがいそうでもないことが三つ、あげられてます。「極楽《ごくらく》」＝人《ひと》はいつ死《し》ぬかわからない。「舟《ふね》の道《みち》」＝遅《おそ》いなぁと思《おも》ってるとすぐに着《つ》いたりする。そして「男女《だんじょ》の仲《なか》」＝二人《ふたり》の愛《あい》は永遠《えいえん》よ〜と思《おも》っていても、別《わか》れはとつぜんやってくる。深《ふか》いねぇ……。

「青色《あおいろ》の無地《むじ》に柳襲《やなぎがさね》をあしらった唐衣《からぎぬ》。」「五重《いつえ》の菊襲《きくがさね》をあしらった唐衣《からぎぬ》。」（209ページ）

オーディションに登場《とうじょう》した十二単姿《じゅうにひとえすがた》のあたしたちの描写《びょうしゃ》は、『紫式部日記《むらさきしきぶにっき》』二十四・二十五の女房《にょうぼう》たちの衣装《いしょう》の描写《びょうしゃ》を参考《さんこう》にしているんだって。この日記《にっき》には貴族《きぞく》や女房《にょうぼう》たちがたくさん登場《とうじょう》するけど、ひとりひとりのファッションが信《しん》じられないぐらいの細《こま》かさで描写《びょうしゃ》されているそうよ。さすがは大作家《だいさっか》・紫式部《むらさきしきぶ》！　見《み》る目《め》がちがいます！

注意《ちゅうい》

『枕草子《まくらのそうし》』『紫式部日記《むらさきしきぶにっき》』のエピソードが第何段《だいなんだん》かは本《ほん》によってちがうので、見《み》つからないときは前後《ぜんご》の段《だん》をさがしてね。

＊著者紹介

石崎洋司《いしざきひろし》

3月21日東京都生まれ。ぎりぎりで魚座のA型。慶應義塾大学経済学部卒業。『世界の果ての魔女学校』（講談社）で野間児童文芸賞、日本児童文芸家協会賞受賞。『「オードリー・タン」の誕生　だれも取り残さない台湾の天才IT相』（講談社）で、第70回 産経児童出版文化賞JR賞受賞。「黒魔女さんが通る!!」シリーズ（講談社青い鳥文庫）など数々の人気作品を手がける。伝記に『杉原千畝　命のビザ』『福沢諭吉「自由」を創る』（講談社火の鳥伝記文庫）『はじめて読むレオナルド・ダ・ヴィンチ』（講談社）ほか。翻訳も多数手がけている。

＊画家紹介

阿倍野《あべの》ちゃこ

漫画家。小説のさし絵やゲームの原画も多数手がけている。漫画の作品に「ここは俺に任せて先に行けと言ってから10年がたったら伝説になっていた。」シリーズ（原作／えぞぎんぎつね、キャラクター原案／DeeCHA、ネーム構成／天王寺きつね　スクウェア・エニックス）ほか。さし絵の作品に『転生して田舎でスローライフをおくりたい！』（宝島社）などがある。

2匹の猫と暮らしている。お菓子作りが趣味だが、たまにパウンドケーキがうまくふくらまないことがある。

この作品は書き下ろしです。

読者のみなさまからのお便りをお待ちしています。
下のあて先まで送ってくださいね。
いただいたお便りは、編集部から著者へおわたしいたします。
〒112-8001 東京都文京区音羽2-12-21 講談社 青い鳥文庫編集部

講談社 青い鳥文庫

ＪＣ《ジェーシー》紫《むらさき》式《しき》部《ぶ》③
都《みやこ》には恋《こい》と呪《のろ》いの花《はな》が咲《さ》く⁉
石崎《いしざき》洋司《ひろし》

2024年10月15日　第１刷発行

（定価はカバーに表示してあります。）
発行者　安永尚人
発行所　株式会社講談社
東京都文京区音羽2-12-21　郵便番号112-8001
電話　編集（03）5395-3536
販売（03）5395-3625
業務（03）5395-3615

N.D.C.913　238p　18cm
装　丁　小林朋子
久住和代
印　刷　TOPPANクロレ株式会社
製　本　TOPPANクロレ株式会社
本文データ制作　講談社デジタル製作

KODANSHA

ISBN978-4-06-537138-1

「講談社《こうだんしゃ》 青《あお》い鳥《とり》文庫《ぶんこ》」刊行《かんこう》のことば

太陽《たいよう》と水《みず》と土《つち》のめぐみをうけて、葉《は》をしげらせ、花《はな》をさかせ、実《み》をむすんでいる森《もり》。小《こ》鳥《とり》や、けものや、こん虫《ちゅう》たちが、春《はる》・夏《なつ》・秋《あき》・冬《ふゆ》の生活《せいかつ》のリズムに合《あ》わせてくらしている森《もり》。森《もり》には、かぎりない自然《しぜん》の力《ちから》と、いのちのかがやきがあります。

本《ほん》の世界《せかい》も森《もり》と同《おな》じです。そこには、人間《にんげん》の理想《りそう》や知恵《ちえ》、夢《ゆめ》や楽《たの》しさがいっぱいつまっています。

本《ほん》の森《もり》をおとずれると、チルチルとミチルが「青《あお》い鳥《とり》」を追《お》い求《もと》めた旅《たび》で、さまざまな体験《たいけん》を得《え》たように、みなさんも思《おも》いがけないすばらしい世界《せかい》にめぐりあえて、心《こころ》をゆたかにするにちがいありません。

「講談社《こうだんしゃ》 青《あお》い鳥《とり》文庫《ぶんこ》」は、七十年《ねん》の歴史《れきし》を持《も》つ講談社《こうだんしゃ》が、一人《ひとり》でも多《おお》くの人《ひと》のために、すぐれた作品《さくひん》をよりすぐり、安《やす》い定価《ていか》でおおくりする本《ほん》の森《もり》です。その一さつ一さつが、みなさんにとって、青《あお》い鳥《とり》であることをいのって出版《しゅっぱん》していきます。この森《もり》が美《うつく》しいみどりの葉《は》をしげらせ、あざやかな花《はな》を開《ひら》き、明日《あす》をになうみなさんの心《こころ》のふるさととして、大《おお》きく育《そだ》つよう、応援《おうえん》を願《ねが》っています。

昭和《しょうわ》五十五年《ねん》十一月《がつ》

講談社